清澈的爱
只为中国

孙 彤 朱晓晖 雷 洁 居 里 编著

济南出版社

图书在版编目（CIP）数据

清澈的爱，只为中国 / 孙彤等编著 . —— 济南：济南出版社，2025.3. —— （追光：我们的榜样故事丛书 / 蔡静平，胡耀武主编）. —— ISBN 978-7-5488-6552-0

Ⅰ . I247.81

中国国家版本馆 CIP 数据核字第 2024XU5861 号

清澈的爱，只为中国

QINGCHE DE AI, ZHI WEI ZHONGGUO

孙 彤 朱晓晖 雷 洁 居 里 编著

出 版 人 谢金岭
责任编辑 秦 天 杜昀书
插画设计 李泽群
装帧设计 纪宪丰

出版发行 济南出版社
地 址 山东省济南市二环南路 1 号（250002）
总 编 室 0531-86131715
印 刷 济南鲁艺彩印有限公司
版 次 2025 年 3 月第 1 版
印 次 2025 年 3 月第 1 次印刷
开 本 145mm×210mm 32 开
印 张 6.75
字 数 130 千字
书 号 ISBN 978-7-5488-6552-0
定 价 29.80 元

如有印装质量问题 请与出版社出版部联系调换
电话：0531-86131716

写在前面的话

蔡静平　胡耀武

从古至今，教育不仅承担着传递知识的重任，更深刻地塑造着我们的品格，培育着我们坚韧不拔的奋斗精神，点燃我们内心深处的理想之光。而在教育的过程中，那些生动鲜活、感人至深的榜样故事给予我们力量，激励着我们勇往直前，追逐并实现自己的梦想。

现在，有一套充满智慧与力量的丛书正等待着你们。在这套书中，作者用生动细腻的笔触，记录了各时期、各行业中英模人物的先进事迹，传递了奋斗与拼搏的价值，彰显出奉献与牺牲的精神，展现了中华民族深厚的信仰、坚定的信念、不屈的血性和强大的力量。这不仅是写给青少年的一套书，更是一颗播撒在青少年心田的种子，期待着它生根发芽，绽放出绚烂的花朵。

我们常说，榜样的力量是无穷的。那些通过奋斗和牺牲实现自我超越的榜样人物，他们的精神如同璀璨的灯塔，永远照亮我们前行的道路。无论是在过去、现在还是未来，这些英雄人物与奋斗梦圆者的事迹，都是我们宝贵的精神财富。从辛亥革命到解放战争，从新中国成立到新时代的建设，我们的祖国经历了无数的风雨，但正因有这些不屈不挠的奋斗者和牺牲者，我们的祖国才能从苦难中崛起，在挑战中成长，最终迎来今日的繁荣与昌盛。他们每个人的故事都闪耀着人性的光芒，他们的行动或许平凡，但精神却何其伟大！

书中奋斗圆梦故事的主角，既有过去时代的伟大人物，也有当代的杰出代表。矢志求道的华罗庚，筑梦航天的钱学森，追逐"禾下乘凉梦"的袁隆平，梦圆飞天的杨利伟……他们的奋斗经历虽然跨越了不同的时空，却蕴藏着相同的信念：梦想的实现从来都不是一蹴而就的，而是需要脚踏实地的努力，经历无数次的失败后依然选择勇敢地站起来继续前行，才能获得成功。这些模范人物的事迹和精神，正是青少年成长道路上需要的精神食粮。

书中的战斗英雄故事，更是令人震撼。"你退后，让我来！""为了新中国，冲啊！""同志们，活在马上，死在马上，马刀见血，为人民立功。"在生死存亡的紧要关头，这些英雄展现出了超凡的勇气和坚定的信念。为了民族的繁荣发展、人民的幸福安康，他们甘愿默默奉献，甚至不惜以生命为代价。英雄之所以伟大，不仅在于他们取得了显赫战果，更在于他们在关键时刻挺身而出，坚定地捍卫自己的信念与信仰。这些崇高品质，是青少年应当永远铭记于心、努力学习的宝贵精神财富。

对于青少年来说，这些故事不仅能增强他们的国家意识、责任意识，更能点燃他们心中那为理想而奋斗的激情之火。特别是在当前这个充满竞争与挑战的时代，青少年常常会感到困惑与迷茫，甚至有时会觉得自己的努力仿佛看不到回报。此时，若能从这些英模人物的鲜活故事中汲取力量，便能更加坚定内心的信念，勇敢地直面生活中的重重挑战与艰难险阻。

希望这套丛书能够成为青少年通向梦想的桥梁，成为他们奋斗路上永不熄灭的火种。在未来的岁月里，这些故事的力量会内化为他们自己的力量，让他们在人生的每一个阶段都能勇敢地追求自己的理想，在实现个人梦想的同时，也为中华民族的伟大复兴贡献自己的力量。

让我们期待，未来的奋斗圆梦者与英雄人物，从今天的你们中诞生。你们的奋斗，将成为中华民族复兴路上不可或缺的动力源泉！

目录

MU LU

王刚：功勋卓著的反恐英雄

战士们常说，王刚的威名是战场上实战打出来的。从炊事兵到一把插在恐怖分子身上的尖刀，王刚始终坚守在反恐战线的最前沿，先后经历了15次生死较量，令恐怖分子闻风丧胆。每当谈及自己的战斗青春，那抹坚毅的笑容总会从王刚朴实的脸上展现出来。

王刚1972年12月生于新疆维吾尔自治区，幼时上下学路过驻军营区时，他总会在一旁驻足观看。看着人民子弟兵打靶的飒爽英姿，"军旅之梦"的种子在王刚的心中早早种下。王刚心中的那个军旅梦随着时间的流逝越来越坚定，成为一名为国效力的军人，已经成了王刚心中的信仰。

19岁时，王刚毅然决定应征入伍。在新兵连完成训练后，王刚并未像他的战友一样被分到战斗班，而是被分到了炊事班。但他没有因此而沮丧，而是在心里暗暗憋着一股劲。除了干好本职工作外，他还苦练军事本领，即使是在蒸馒头的短暂的30分钟内，也要进行一次5公里的拉练，别人进行一组体能训练，他要进行五组。功夫不负有心人，几个月下来，王刚在年终考核中取得了军事课目第一名的成绩，成了首长眼中的"尖子兵"，顺利进入战斗班。

心中的热血与信仰，被王刚从军营带到了战场。每次战斗，总能在第一线看见他的身影，他发扬"一不怕苦，二不怕死"的优良传统，始终冲锋在最前线。在一次捕歼战斗中，敌人依托石屋向我军投掷自制炸弹，王刚和班长干脆利落地翻进房屋，准备对敌人发起攻击，但刚进屋就发现面前有一枚冒着烟的炸弹。危急关头，王刚一脚将爆炸物踢开，把班长扑倒在地，幸好炸弹的捻子只烧到一半便熄灭了。战斗中，两人击毙暴徒四人，活捉一人。烈火炼真金，正是每次的生死考验和枪林弹雨，磨炼出王刚的赤胆忠心和钢铁意志。

2015年9月，年过不惑的王刚带着特战队员扎进天山，开启了一场捕歼战斗。九月天山风似刀，城南猎马缩寒毛。寒风瑟瑟，落叶裹挟着沙石狠狠打在王刚和战友们身上。他们顶着天山恶劣的天气，面对随时可能打响的遭遇战，在这3000多平方公里的地域中搜捕持枪逃匿的恐怖分子。搜索进行到第40天时，王刚和战友终于在半山腰的一个山洞里发现了目标，双方很快交上了火。恐怖分子不停地朝山洞外扫射，呼啸的子弹擦着头皮飞过，稍有不慎，便会当即丧命。

"跟我上！"王刚带领6名队员组成盾牌手、投弹手、步枪手特战小分队，顶着枪林弹雨向山洞靠近。鉴于参战队员还未经历过真正意义上的实战，王刚特意下了一道大严即大爱的"死命令"：任何人员都不允许越过他。他们一边射击，一边投掷手榴弹，贴着洞口往里突击。敌人在山洞里做着困兽之斗，持续猛烈射击。经过15分钟的生死博弈，恐怖分子终于被全部歼灭，这场整整持续了56天的战斗最终在王刚的带领下取得了胜利。

在经历了56天的战斗后，王刚给妻子打电话。"你们仗打赢了吗？胜利了吗？""仗打胜了。""你们没事吧？""没事！""没事就好。"两人简单的对话背后，是一位妻子对丈夫参军入伍无悔的支持。这次战斗，只是王刚经历的所有生死考验中的一个缩影。

从战士到干部，从排长到副参谋长，王刚在反恐战

3

场上冲锋陷阵，成为一把"反恐尖刀"。他把热烈而豪迈的爱给了祖国，把含蓄而腼腆的爱给了家人。

阅读启示

从一名炊事兵到一位军政兼优的反恐精英，王刚用自己的身躯捍卫着国家的安全，用生命守护着这太平盛世。他常说："只要为了百姓安居乐业，不论做什么我都愿意！"

拓展延伸

王刚自1991年参军以来，荣立一等功3次、二等功1次、三等功12次，2016年被评为第十九届"中国武警十大忠诚卫士"。2017年7月28日，中央军委颁授王刚"八一勋章"，中央军委主席习近平亲自为他佩挂勋章、颁发证书。授予王刚"八一勋章"命令中的关键词，正是"赴汤蹈火、冲锋陷阵"。

郭兴福：创新教学，苦练精兵

20世纪60年代，有一个人的名字誉满全军。他研究出来的训练方法曾在全军推广，他就是郭兴福。

郭兴福，一个魁梧的山东大汉，家住在邹平县（今山东省邹平市）。1944年，14岁的郭兴福在国民党山东保安三团当了一名勤务兵。1948年9月，在济南战役中，他跟随部队起义，补入了华东野战军第13纵队。之后，他又参加了淮海战役、渡江战役、漳厦战役。他作战勇敢，立过三等功。

1951年，郭兴福到第74师步兵学校和第四步兵学校学习。毕业考核时，他的18门课程中有13门优秀，5门良好，被学校定为"上等"。毕业后，郭兴福被分配到南京军区12军34师教导营任排长，授少尉军衔。1959年5月，他被调到某团二连当排长，一年后晋升为副连长。

此刻，大规模的战争已经结束，部队的主要任务是训练。在带兵练兵的实践中，郭兴福研究摸索出了一套教学训练方法。

1961年春，时任12军军长的李德生下连蹲点，调查研究连队军事训练情况。李德生将军身经百战，两次爬雪山，三次过草地，在淮海战役中直捣黄维兵团司令部，在抗美援朝战争中任过上甘岭战役前线指挥员。

那天，战士们刚进行完战术训练，来到堑壕下面继续训练冲击动作。堑壕里面插着几个稻草绑成的草靶，被当作"敌人"。70米开外，十几个战士一字摆开，队列前面，有一个一米八出头的彪形大汉。他虎背熊腰，肤色黝黑，声如洪钟，腰里插着一面小红旗，手里端着步枪，正在讲课："上面我讲了冲击动作'勇''猛''准'的要领，现在来讲'狠'字。"他用手向前一指："堑壕里面就是敌人，我们对敌人要不要狠？"

"要狠！"战士们异口同声地喊道。

"那个指挥训练的人是谁？"李德生问身边随行的作训参谋。"二连的副连长，郭兴福。"

李德生与军师工作组经过研究，决定在这里进行训练改革试验。这天夜里，李德生军长和郭兴福在一棵大树下谈了很久。军长说："如果在狂风骤雨的夜晚，没有指北针，也没有地图，要你带着连队沿着羊肠小道，钻进深山去消灭敌人，你能不能完成任务？你的战士能不能过硬，敢不敢刺刀见红，猛打猛冲？"军长要求他把每个兵都练成钢铁战士，为全军的军事训练当领头羊。在油灯下，郭兴福把军长的话一笔一画地记在日记本上。

紧接着，李德生又召集军队里所有参过战的营以上的军事主官，以战场上的眼光对他们的教学进行论证鉴定。最后，郭兴福的小组战术教学改革被认定为比较成功。还不放心的李德生又命令九个步兵团的团长各带一个班，与郭兴福带的小分队进行现场战术演练。几番较量后，郭兴福的教学明显更胜一筹。李德生表态："其他两个项目停下来，集中力量从单兵抓起，由郭兴福任教继续试验。"

1961年夏天，总参谋部军训部郝云虹处长到部队调查训练改革情况。在由李德生陪同观看了郭兴福的现场汇报作业后，他连声叫好。郝云虹处长说他们走了许多部队，还从未见过这样精彩的战术作业，并问这项训练教学改革叫什么名字。

是啊，教学方法出来了，该叫什么名字？为了起个好名字，军、师、团各级动了不少脑筋。有的说叫基础教学法，又有的说叫单兵教学法，有的说，孩子都生出来了，随便叫个什么名字都行。郝云虹处长沉思后风趣地说："你们生了孩子，我给起个名，看看是否合适，就叫郭兴福教学法吧。"

1964年1月25日，天空下着蒙蒙细雨。南京军区步兵学校张家山训练场上彩旗飘扬，"推广郭兴福教学法现场会"的横幅被风吹得瑟瑟作响。

郭兴福英姿飒爽，在场外等待着命令。他全副武装，面前站着五名威武的战士，一律实战装配。郭兴福即将带领他们为总参的现场会做汇报表演。

郭兴福为各种现场会做过多次表演，今天他却有些紧张。这个现场会非同一般，由总参谋长罗瑞卿亲自主持，到会的都是全军的高级将领和各大军区、各总部负责人。

炮声轰轰，硝烟滚滚，郭兴福带着他的小分队上场了。一切假设的物体在郭兴福的眼中都像活了一般，一个个草包就是那喷射火焰的碉堡，那些稻草人正是穷凶极恶的敌人。他如同下山的猛虎，左右开火，明晃晃的刺刀捅进了"敌人"的胸膛。

但天公不作美，下雨了，而且越下越大。一脚下去一个泥坑，但罗瑞卿紧跟郭兴福和小分队运动。看完了他们的汇报表演，罗瑞卿握着郭兴福的手说："郭连长，我谢谢你！你把兵练活了！"

总结大会上，罗瑞卿号召全军学习郭兴福，赶上郭兴福，超过郭兴福，掀起了一个练兵的热潮。一时间，郭兴福成了闪亮的明星。

阅读启示

"郭兴福教学法"就像一座架通训练场与战场的桥梁，让许多官兵在训练场上学会了打仗。时光荏苒，岁月如梭，半个多世纪过去了，解放军军事训练的条件、手段、对象、任务都发生了深刻变化，"郭兴福教学法"也在一代代官兵手中不断"升级"，成为一种具有跨时代特色的强军文化现象，彰显出官兵对打胜仗的孜孜追求。

拓展延伸

东部战区陆军某部队是"郭兴福教学法"的发源地。作为当时的重大创新成果，这个教学法不仅创造性地解决了把兵练"精"训"活"的问题，还在全军刮起了创新训法的旋风，一直延续至今。全军官兵必须紧盯科技之变、战争之变、对手之变，坚持向科技创新要战斗力，全面加强练兵备战，奋力提高部队打赢能力，以更加昂扬的姿态，为强军梦贡献力量！

史光柱：中国的保尔·柯察金

"没有花香，没有树高，我是一棵无人知道的小草，从不寂寞，从不烦恼，你看我的伙伴遍及天涯海角……"

这首创作于20世纪80年代的歌曲《小草》，因为史光柱的演唱而风靡全国。如今，尽管身带英雄光环，但史光柱始终认为自己就是一棵小草，和许许多多退役军人一样，默默为祖国增添一点翠绿。

1982年，史光柱参军到了部队，渴望在部队建功立业。1984年4月，收复老山的战斗打响，史光柱所在的部队接到作战任务，他的心情和大家一样兴奋，还给党支部写了血书，请求担负最艰巨的任务。4月28日凌晨，史光柱所在团作为收复某地的主攻团，发起了新一轮的冲锋，担任主攻营穿插连尖刀班班长的史光柱冒着炮火奋勇前进。

在猛烈的炮火中，排长身受重伤，史光柱作为代理排长接过了指挥全排战斗的任务。在拿下57号高地，向50号高地发起进攻时，一枚地雷突然炸响，身体已多处负伤的史光柱，再次被强烈的爆炸掀翻在地。

史光柱感觉左脸颊上面掉了一个东西，一晃一晃的。他以为是地上的树叶炸烂了粘在了脸上，就顺势往下一摘。一摘，整个脑仁里面疼。他才明白，这不是树叶，而是眼球被炸出来挂在了眼眶上。他迅速把炸烂的眼球塞进眼里，简易包扎后就下达了命令："不能停，前进。"

此时的史光柱眼前一片黑暗，无法站立，但他一边向高地爬行，一边坚持指挥战斗，直到摔进沟壑中昏死过去。战友们拼命将他抢救回来，等他再次醒来的时候，已经躺在了医院里。当听到自己唯一寄予希望的右眼也被摘除，从此面对双目失明的人生时，他的精神世界彻底坍塌了。

在沉默与黑暗的世界里，21岁的史光柱找不到活下去的意义，他开始拒绝吃饭，拒绝说话，拒绝治疗。史光柱说，不是怕眼睛看不到，而是生活一次次提醒他：你没用。

史光柱受伤失明后，父亲突发疾病去世，母亲受不了打击，患上了精神分裂症，而弟弟才刚6岁。面对照顾母亲和弟弟的责任，史光柱不得不振作起来，重新思考如何战胜自我，坚守生活的阵地。

这时，史光柱接到参加英模事迹巡回演讲的命令，这才知道，由于战场上的英勇表现，自己荣立了一等功，并被中央军委授予"一级战斗英雄"荣誉称号。不久，部队还正式下达了提升他为排长的命令。他想，既然连死都不怕，我还怕活下去吗？但是，在双目失明的情况下，拿什么来养家和继续报效国家，成了他思考的问题。

一次，史光柱无意间从收音机中听到了文学讲座，这让他受到了启发。他开始尝试写作，并于1986年考入了深圳大学中文系。在四年的大学生涯中，史光柱凭着超人的恒心和毅力，学完了90多门课程，并以平均83.9分的优异成绩顺利毕业，成为我国第一位获得学士学位的盲人。

回到部队，他先后走进藏北、藏南等多个边防哨所，根据亲身体验，写下了28万字的纪实性散文作品《藏地魂天》，生动记述了驻扎在这里的官兵们的感人事迹。他说："当我拿起笔来，与战士的角色融为一体的时候，我发现我还是一个兵，我还能够冲锋陷阵，我的思想领域、我的生活领域一样还有着阵地。我觉得我通过学习能养家之后，还能报效祖国。"

2005年12月，部队精简整编，史光柱被上级确定提前退休。退出现役后，他将更多的精力投入帮助战友和为烈士烈属发声以及帮残助残的慈善公益事业上，他觉得需要把流血牺牲英烈的故事讲给更多的人听。

正如他所写："军人啊军人，从军的荣称，钢风劲气熔铸一生，尽管我只是风云的缩影，但我的热血能化石成金……"走下战场、脱下戎装后的史光柱本色不改，始终坚守在精神的高地。

阅读启示

30多年来，史光柱初心相随、使命相伴，始终以战士的姿态献身国防教育和慈善公益，影响了一代又一代青少年。他勇敢直面人生，一直保持奋进姿态，在黑暗中艰辛摸索前行的道路，被誉为"中国的保尔·柯察金"。

拓展延伸

　　2014年，史光柱注册成立了"北京助残爱心公益促进会"和"英雄先锋网"，通过就业培训、再就业培训、特困救助、老兵创业扶持等方式，为退役战友、烈士亲属和残疾人以及一些弱势群体提供帮助。截至2020年，全国已经有14万名志愿者参与到史光柱的爱心公益队伍当中，直接帮扶人数近1.8万。其中，史光柱个人救助的就有2000多人。

丁晓兵：向战而行的独臂将军

他是中国现役军人中唯一用左手敬礼的将军，是被载入共和国史册的英雄。他用一只手臂书写了一名共产党员的忠诚、荣誉和担当。他就是武警广西总队政委丁晓兵。

1984年，边陲正在进行一场重要的军事行动，战况十分惨烈。一个手雷砸在了士兵丁晓兵身上，他抓起手雷就扔了出去，顿时火光四溅，他失去了知觉。几秒钟后，他睁开眼睛，侧过头一看，只见自己的右胳膊被炸得只剩一点皮连着，鲜血汩汩地往外喷涌。战友给他简单包扎了之后，他们冒着敌人的枪林弹雨向后撤退，只连着一点皮的右臂一次次挂在树枝灌木上。面对这种情况，丁晓兵拔出匕首，把右臂与身体之间仅连着的一点皮割断，割下来的右臂，被他插在自己的腰带上。他整整在山里跑了近4个小时，冒着敌人的炮火翻山越岭撤回来，身后留下了一条3公里长的血路。

当看到迎面跑来的接应人员时，他一头栽倒在地上，呼吸没有了，脉搏没有了，血压没有了，心跳没有了……有人开始为"烈士"丁晓兵换衣服。

战友们不许将"牺牲"的丁晓兵抬到烈士陵园："他没有死，刚才还和我们一起跑回来……"

野战医疗队恰好路过此地，一位老医生切开了丁晓兵小腿上的静脉，强行压进去了2600毫升血浆，把他从死神手里夺了回来。

两天三夜后，丁晓兵睁开眼睛，看到了医院的白色天花板，看到了右大臂上包着一大团还在渗血的纱布……

"我的手呢？"

"你们把我的手弄到哪儿去了？"

"带我去找我的手！"

可是，右手永远找不回来了，一个为国立功的功臣，要终生面对没有右臂的生活！壮士断腕，动地惊天，上级为年轻的侦察兵丁晓兵特意增设了第101枚"全国边陲优秀儿女"金质奖章。

丁晓兵成为全国知名的独臂英雄，他向组织要求，一要学习，二要继续留在部队工作。部队满足了丁晓兵的要求，送他去军校学习。在军校的第一次考试中，丁晓兵没做完试卷。一个惯于用右手执笔的人，用左手写字的速度怎么能与他人相比。他向老师申请延长20分钟，出乎意料的是，老师认为，他既然能上学，就必须用左手按时答完答卷。为了赶上别人写字的速度，倔强的他天天到图书馆抄书，一个月抄断了九根钢笔！之后，他独臂绘丹青，在书画界多次获奖。他的一手好书法，足以让绝大多数用右手写字的人惭愧。

两年后，优秀学员丁晓兵做出了让人瞠目结舌的选择：下基层带兵去！

初到连队，一次紧急集合让他很没面子。打背包是当兵的基本功，可是负伤以后，用一只手做两只手做的事很难。当他好不容易把背包捆好，跨出房门时，立刻愣在那里——全连官兵百余人都在等他一个人。丁晓兵在全连面前扔下一句硬话："今天我让大家丢脸了，一个月后，我一定再把这个脸给大家争回来！"从那以后，丁晓兵开始练习单手打背包，嘴脚并用。背包带硬，用牙叼着拉的力度一大，带子就会像刀子一样拉破嘴角，拽裂牙齿，背包带上沾满了血迹。没过多久，丁晓兵单手打背包的速度在全连都数得着。

无法计量他到底吃过多少苦，系鞋带、越障碍、整内务、洗衣服、切菜、做饭，一切都是单手操作；他可以单手射击，包括立、跪、卧三种姿势，使用的武器涵盖自动步枪、冲锋枪、手枪、轻机枪、火箭筒等多种；甚至极高难度的单杠单臂引体向上、单臂大回环，丁晓兵都能高质量地完成。八门军事训练课目，他获得了七门优秀、一门良好的成绩！他讲得最多的一句话就是："当兵打仗天经地义，武艺不精不是军人。"

闲暇时，丁晓兵习惯去烈士陵园走走。他常常在先烈们的墓碑前一站就是几个小时，寻找共产党人为何奋斗、为谁牺牲的答案，聆听那些从未走远的伟大心灵的回响。墓碑无言，却给出了最好的答案："坚定前行，唯有信仰！"

阅读启示

这是一个把所有困难嚼碎了化成前行动力的人，这是一个虎虎生风的男人，是一个永远呈进攻姿态的军人。所有的高标准严要求，都是英雄下达给自己的死命令。丁晓兵说："一个军人，战时要忘死，平时要忘我！"

拓展延伸

当年为了押回越军俘虏，丁晓兵自断右臂，在漫漫人生路上，以伤残之躯续写人生辉煌篇章。他先后被评为"中国武警十大忠诚卫士"，被国务院、中央军委授予"保持英雄本色的忠诚卫士"荣誉称号，当选"感动中国2006年度人物""100位新中国成立后为国防和军队建设作出重大贡献、具有重大影响的先进模范人物"和全国"100位新中国成立以来感动中国人物"。2013年12月，丁晓兵任武警广西总队政委、党委书记，一年后，晋升为武警少将。作为新中国成立以来第十位"独臂将军"，他用30多年的从军生涯，向人们证明了什么是真正的勇士。

韦昌进：王成式的战斗英雄

在电影《英雄儿女》中，抗美援朝战斗英雄王成在面对敌人的进攻时，通过报话机呼喊"向我开炮"，以自我的牺牲换取战斗的胜利。在20世纪80年代的边境战争中，也有一位英雄在被弹片击中左眼、全身多处受伤的情况下，喊出了"为了祖国，为了胜利，向我开炮"，他就是战斗英雄韦昌进。

1983年，听着黄继光、邱少云等英雄的故事长大的韦昌进，如愿以偿地参了军，成为济南军区第67军199

师595团6连的一名战士。1985年3月，韦昌进随部队奔赴云南前线，参加老山地区自卫防御作战。韦昌进所在的2排奉命防守577号阵地，韦昌进和战友们坚守的6号哨位是577号阵地地势最突出的哨位。

7月19日清晨，天刚蒙蒙亮，敌人的火炮就朝着我军的阵地倾泻而来。无数的炮弹像雨点一样砸向6号哨所周围，紧接着，一个连的越军朝阵地爬了上来。韦昌进拿起冲锋枪，一个箭步就冲出哨位，在外面找了一块大石头作为掩体趴了下来。他顺手从身边拿起手榴弹朝敌人扔了过去，然后举起枪瞄准敌人狠狠地扣动了扳机。战斗进行得异常猛烈，敌人不要命似的向哨位不停地发动着冲锋。猛然间，韦昌进感觉到右锁骨和左大臂像是被什么扎了一下，接着，有一股热乎乎的东西直往下淌。他意识到自己中弹了，可是看到冲上来的敌人，他也顾不上包扎伤口。不到10分钟，韦昌进等四人就打退了越军的第一次进攻。

敌人见进攻受挫，便立即呼唤火力支援。韦昌进等刚撤到洞口，一发炮弹就在他们身边不远的地方轰然炸响。韦昌进的左眼像被什么猛扎了一下，他感觉有东西流了出来，钻心地痛。他用手往脸上一摸，摸到了一个小肉团子，轻轻扯了一下，觉得一阵疼痛，这才意识到是自己的眼球被弹片打出来了。在战场上，韦昌进来不及做过多的考虑，他赶紧把眼球塞进眼眶中，然后睁开完好无损的右眼，竟看到自己的战友苗挺龙已经倒在了血泊中。

这时，还在哨位中的吴冬梅听到韦昌进大叫一声，便连忙跑了出来，把躺在地上已经昏迷的苗挺龙拽回了洞里。韦昌进这时候已经多处负伤，右胸被弹片穿透，胳膊也抬不起来了。就在吴冬梅给韦昌进包扎眼睛的时候，他们听到洞外传来了敌人的叫声，敌人新一轮的进攻又开始了。吴冬梅提着冲锋枪一个箭步冲了出去，不料刚到洞口，敌人的几发炮弹就在面前爆炸，哨位上方的一块大石头被敌人的火炮直接命中，碎石瞬间砸向了哨位，韦昌进和苗挺龙被埋在了石洞里。韦昌进大声呼喊道："吴冬梅，吴冬梅！"但是他再也听不到战友的回答了，吴冬梅已经把自己不到20岁的生命，留在了祖国的边疆上。

由于失血过多，韦昌进渐渐感到体力不支。就在他快要昏睡过去的时候，突然听到洞外传来碎石声，这一下子把他给惊醒了，他意识到，是敌人爬上了他们的哨位。他把手榴弹都放在了自己的身边，随时准备和敌人同归于尽。他挪到苗挺龙身边，拿过报话机，用尽全身力气朝着报话机那头的排长喊道："敌人上来了，为了祖国，为了胜利，向我开炮！立即开炮！"排长听到韦昌进呼喊炮火的时候也急了："韦昌进，这样就把你炸死了呀！"韦昌进说："是我的命重要，还是阵地重要？我已经不行了，敌人攻上来了！快打啊！快向我的位置开炮！"在他的再三请求之下，我军的炮火很快就打向了6号哨位的阵地之上，凭借着这一次的炮火，我军又一次打退了敌人的进攻。韦昌进就这样引导炮兵先后打退了敌人的八次进攻，独自一人坚守哨位11个小时，牢牢地守住了阵地。

当天深夜，战友们在已经成为平地的6号哨位找了很久，终于在石洞里发现了韦昌进，他被紧急送往后方医院进行治疗。在做了左眼球摘除手术后，他昏迷了整整七天七夜。他的身上有22处创伤，做了15次大手术，现在还有四块弹片留在他的体内。战斗结束之后，韦昌进和其他幸存的战友决定把7月19日当成所有人的生日，以庆祝他们活着回来，并以此祭奠牺牲的战友。1986年，中央军委授予韦昌进"战斗英雄"荣誉称号，他被誉为"活着的王成"。

"无论走到哪里，无论做什么，我总要对得起当年战场上倒下的战友。有一些东西必须坚守，我永远是普通一兵，永远不能丢掉自己的6号哨位。"韦昌进经常这样说。

阅读启示

在面对敌人的疯狂进攻时，韦昌进以强大的精神力量牢牢守住了阵地，给无数人带来了深深的震撼。

中国之所以能有今日的强大，离不开那些曾经在战场上挥洒鲜血的英雄们，他们以血肉之躯抵挡了敌人的炮火，用生命诠释了伟大的爱国主义精神。

▮拓展延伸▮

从战场归来的30多年里，韦昌进在历任岗位上都做出了突出成绩，1991年被表彰为"全国自强模范"，2009年被评为"100位新中国成立后为国防和军队建设作出重大贡献、具有重大影响的先进模范人物"，2017年被授予"八一勋章"，2018年被授予"改革先锋"称号。面对至高荣誉，韦昌进常常说的一句话就是："这不是我一个人的荣誉，这是无数保家卫国军人的荣誉。"多年来，韦昌进不管在哪个工作岗位上，都始终严格要求自己，坚守初心。他的女儿也以父亲为榜样，成长为一名优秀的军人。

魏德友：边境线上的"活界碑"

每年牧季，转场的羊群如约而至，散落在新疆空旷的萨尔布拉克草原上。在草原深处，一间用红砖黄土砌成的房子孤零零地立在草原中，一个身着迷彩服、戴着帽子的老人，正静静地看着一旁的羊群，他就是魏德友。50多年来，他与星月羊犬为伴，与风雪恶狼较量，赶着羊群在中哈边境的草原上放牧，以这样特殊的方式守卫着中哈边境方圆50公里的无人区。

1964年，24岁的魏德友响应党中央建设边疆保卫边疆的号召，和战友们一起，从北京军区转业来到新疆生产建设兵团161团二连，驻守萨尔布拉克草原。这里几乎与世隔绝，魏德友和战友们每天除了训练就是种地执勤，在边境线勤勤恳恳地履行着屯垦戍边的使命。

不久后，回家探亲的魏德友娶回了一个山东姑娘。几经跋涉，魏德友带着妻子刘景好终于到达了他们草原上的婚房——在茫茫戈壁滩中挖出来的一个地窝子。眼前的景象，让刘景好傻了眼：一人多深的芨芨草，一群群嗷嗷叫的狼，吸血不眨眼的蚊子……刘景好害怕得哭了，趁着魏德友外出训练时跑了。魏德友一路追一路哄，答应妻子顶多再待三四年就回老家，可没想到这一待就是半辈子。

20世纪80年代，魏德友所在的连队被裁撤，昔日的战友陆续离开。魏德友夫妇原本可以去到离城市更近的连队，但他们却坚持要留下来。就这样，魏德友一家成了草原上最后的留守者。辖区边防部队把羊群交给了魏德友，他便成了这萨尔布拉克草原上的义务护边员。

萨尔布拉克草原地势平缓，边境线缺少天然屏障，春秋季节一些牧民贪恋这里丰茂的水草，总把牲畜赶到边境线，所以得时刻注意是否有偷越境的行为。除了哨点的边防战士，护边员的巡查也起到至关重要的作用。夏冬季节，牧民走了，草原又变成无人区，50多平方公里的地方就剩下魏德友一家和100多只羊。偌大的萨尔布拉克草原一望无际，这里冬天风雪肆虐，夏季蚊虫猖獗，回想起最初独自坚守的几个月，魏德友坦言他的心里也曾有过动摇。但随后发生的一件事，让魏德友彻底坚定了留下来的决心。

1982年1月的一个清晨，魏德友同往常一样行至边境线，看有没有人经过的痕迹。突然，他听到上空传来飞机轰鸣的声音。"就在西边，一架飞机南北来回地飞，声音很小。那天雾大，能见度低，边防站根本就发现不了。"他回忆道。魏德友马上赶到边防连队，第一时间向连长汇报了情况，边防连队立马展开地毯式搜索，最终发现可疑人员，将其驱逐出了边境线。这架飞机的出现对魏德友的触动很大，他意识到这片土地需要有人坚守。"如果我们走了，这个地方就没人了，出去的就能随便出去，进来的也可以随便进来。我们在这个地方，他们肯定顾忌这里还有人而不敢来。于是我们两个就坚决留下来，在这待上一辈子，哪里也不去。"2002年，魏德友夫妇退休，在山东工作的4个孩子力劝父母回乡养老，但他就是不肯，还说服老伴继续留在这里义务戍边。

光阴流转，边防连的官兵换了一拨又一拨，只有他从未离开。50多年来，魏德友劝返和制止临界行为千余次，管控区未发生一起涉外事件。他用实际行动铸成了边境线上"永不移动的生命界碑"，他们两人的家被驻地边防派出所官兵称为"一座不换防的夫妻哨所"。2017年，魏德友的女儿来到父母穷尽一生守护的地方，接过父母手中的"巡边接力棒"。她说作为儿女，就应该回到这个地方，也必须回到这个地方，陪着父母一起，守卫在祖国的边疆，把守边巡边的工作一直延续下去。

阅读启示

魏德友是兵团精神的典型代表，半个多世纪以来，他始终坚持做好一件事，那就是卫国守边。他认为，守好边境是他作为一名中国共产党党员的使命担当。这种对国家的忠诚与热爱，是我们每一个人都应该学习和传承的宝贵品质。

拓展延伸

2021年6月29日，魏德友被邀请参加庆祝中国共产党成立100周年大会，并荣获"七一勋章"。谈到此荣誉，魏德友谦虚地说："我很惭愧，我其实并没有做什么，几十年来就一直在做一件普通的事情。"虽然现在萨尔布拉克的边防力量已经有了充足的保障，可年过80的魏德友仍然会时不时地走上边境线，去巡视脚下这片热土。就像他说的那样："只要我还走得动，就会一直守下去。"

王继才：守岛卫国的"时代楷模"

开山岛位于江苏省连云港市灌云县燕尾港镇开山岛村，面积仅有两个足球场这么大。1985年，驻守开山岛的部队撤防后，军区在这里设立了民兵哨所，以进行气象观测、航海导航等。开山岛的战略位置非常重要，灌云县曾多次派出民兵值守。但由于环境实在恶劣，值守的民兵在岛上最多也待不过两个星期。

王继才上岛那年才26岁，正值青春年华。这里方圆几里的渔民都认识他，却不叫他的名字，只叫他"岛主"。1986年，王继才受领民兵营任务来到开山岛，去时只说在这里坚守半个月，但由于一直找不到合适的接替人选，他便留在了岛上，这一守就是32年。春去秋来，寒来暑往，守岛从有期限的任务变成了终生的使命。

由于任务突然，担心家人挂念自己，他没有告知家人便直接上了岛。直到上岛后的第48天，他的妻子王仕花才得知丈夫守岛的消息。得知此事后，王仕花马上坐船前往开山岛。

那天的雾很大，她趴在船头，在茫茫大海中仔细搜寻着小岛和丈夫的身影，直到船快靠岸时，才看见了站在码头上胡子拉碴、黑黑瘦瘦的丈夫。才几十天未见，丈夫仿佛变成了一个"野人"，她顿时傻眼了，心疼得眼泪夺眶而出，祈求丈夫同她一起回去。无奈劝说无果，她只得独自返回。回去后，她思索再三，决定上岛陪着丈夫。当旁人向她再三确认时，她只道："他守岛，我守他。"

就这样，王仕花辞去了教师工作，把孩子寄养在婆婆家。20多天后，她带着行李重新回到了岛上。妻子的到来，给王继才的生活增添了一抹亮色。

上岛第二年，夫妇二人迎来了他们的第二个孩子。因为受暴风天气影响，即将临盆的王仕花无法乘船返回陆地，王继才靠着手摇电报机才联系上了县医院的产科大夫。在妻子和大夫的指挥下，没有经验的他烧开水、煮剪刀，手忙脚乱地给妻子当起了接生婆，亲手剪断儿子的脐带。由于营养不够，妻子没有足够的力气生产，以致中途几度晕厥。当孩子降生的那一刻，王继才捂着脸哭了，这是他人生中唯一一次崩溃的时刻。

除了恶劣的天气，食物短缺也是常有的事。岛上的食物只能靠渔船补给，有一次因台风船过不来，王继才一家整整15天没有食物。他们只能冒着风雨去岸边捡被海浪拍上来的牡蛎，最后连用来生火的煤炭都用完了，他们只能生吃。

上岛前，灌云县人武部政委曾告诉王继才，1939年，日军攻占灌河南岸，就是以开山岛为跳板。王继才深知，自己守的不仅是这座岛，还有那面五星红旗。在守护开山岛的日子里，他多次和走私、偷渡分子斗争，在金钱诱惑面前不为所动，即使身涉险境，也从未有过退缩，更不曾后悔。一万一千六百多个清晨，无论刮风下雨，国旗都会在岛上升起。巡岛、观天象、护航标、写海防日志，是夫妻二人32年来每天都要做的事情。他留下的一百多本日志和他挥舞过的两百多面国旗，见证了太多风雨，记录着他们32年的守岛历程。

2018年，王继才在执勤中突发疾病倒下，经抢救无效去世，生命永远定格在了58岁。这些年为了守岛，他没能给父母养老送终，也没有去儿女婚礼上送上祝福。

他说："我的一生上亏欠父母，下亏欠儿女，但是我对国家不能亏。"

阅读启示

王继才曾说："人一辈子干好一件事就不亏心，不亏心就不白活。"他一生只专注于一件事，那就是守岛。我们要以王继才为标杆，以王继才精神为引领，勇于面对挑战和困难，敢于担当责任，用青春和汗水书写属于自己的精彩人生。

拓展延伸

2021年，取材于"孤岛英雄"王继才真实故事的电影《守岛人》在全国各大影院进行了公映，电影一经上映，就引起了极大的社会反响，很多人都被影片中王继才的事迹深深感动。他以岛为家，把对父母的孝和对家庭的责任化作对祖国的大忠大爱，用一生守护一座岛，是真正的"人民楷模"。王继才去世后，在夫妇二人事迹的感召下，一个又一个守岛卫士接过他们手中的旗帜，继续守卫祖国海疆。

孔繁森：矗立在雪域高原上的丰碑

一个光辉的名字，在一夜之间誉满中华大地；一位共产党员，在共和国历史上矗立了一座不朽的丰碑；一种高尚的精神，至今依然感动和激励着千千万万中华儿女，这就是孔繁森和孔繁森精神！时光荏苒，孔繁森精神穿越时空，历久弥新。

1961年，17岁的孔繁森光荣参军，在部队连年被评为"五好战士"。1966年9月，孔繁森光荣地加入中国共产党。1969年，他从部队复员后，先当工人，后被提拔为国家干部。1979年，国家要抽调一批干部到西藏工作，时任聊城地委宣传部副部长的孔繁森主动报名，并写下了"是七尺男儿生能舍己，作千秋鬼雄死不还乡"的条幅。

孔繁森赴藏后，担任日喀则地区岗巴县委副书记。在岗巴工作的三年，他跑遍了全县的乡村、牧区，与藏族群众结下了深厚的友谊。1988年，山东省再次选派进藏干部，孔繁森第二次赴藏工作。

1992年，拉萨市墨竹工卡等县发生强烈地震，孔繁森从羊日岗乡的地震废墟中领养了三名藏族孤儿——12岁的曲尼、7岁的曲印和5岁的贡桑。收养孤儿后，孔繁森的生活更加拮据，但他毫无保留地给了他们无微不至的关怀。为了养大三名孩子，他竟偷偷跑到西藏军区总医院先后三次献血，以换取孩子们的生活费。护士认为他年纪已大，不适合献血，他就恳求护士："我家里孩子多，负担重，急需要钱，请帮个忙吧！"护士见孔繁森如此恳切，只好同意他的请求。

1992年底，孔繁森第二次调藏工作期满，西藏自治区党委决定任命他为阿里地委书记，这一任命意味着孔繁森将继续留在西藏工作。面对人生路上的又一次重大选择，他毫不犹豫地服从了党的决定。

阿里地处西藏自治区西北部，平均海拔4500米，被称为"世界屋脊的屋脊"。这里地广人稀，气温常年在0摄氏度以下，最低温度达零下40多摄氏度，每年7级至8级大风天气占140天以上，恶劣的自然环境、艰苦的生活条件使许多人望而却步。可是，在不到两年的时间里，孔繁森跑遍了这里的98个乡，行程达8万多公里，茫茫雪域高原中到处都留下了他深深的足迹。

没人能说得清孔繁森在西藏做了多少好事。下乡时，他总是随身携带一个药箱，靠着在部队掌握的医术，为群众减轻病痛。一次，他看到一名藏族老人的鞋破了，脚被冻得又红又肿，立即心疼地把老人的双脚抱在怀里；还有一次，一名老人肺病发作，浓痰堵塞了咽喉，他将胶管伸进老人嘴里，将痰一口一口地吸出来……

"远征西涯整十年，苦乐桑梓在高原。只为万家能团圆，九天云外有青山。"孔繁森生前留下的诗篇，生动概括了他在高原的工作状态：在藏十年，由援藏到调藏，他为西藏的发展呕心沥血，倾尽所有。如今，他已经去世20多年，但他留下的那句"一个共产党员爱的最高境界是爱人民"，已经成为党员领导干部共同的精神财富。

在孔繁森的勤奋工作下，阿里经济有了较快的发展。但不幸的是，1994年11月29日，他在完成任务返回阿里的途中不幸发生车祸，以身殉职，时年50岁。

在孔繁森的葬礼上，一副悬挂着的挽联形象地概括了孔繁森的一生，也道出了藏族人民对他的怀念："一尘不染，两袖清风，视名利安危淡似狮泉河水；二离桑梓，独恋雪域，置民族团结重如冈底斯山。"

人们在料理孔繁森的后事时，看到两件遗物：一个是他仅有的8元6角钱，另一个是他去世前四天写的关于发展阿里经济的12条建议。这就是孔繁森留下的遗产。

古人云："克己者，多内省，必厚人。"孔繁森的人生词典里，写满了爱和信仰。为了这份崇高的爱，他像苦行僧一样坚守着心中的信仰，无怨无悔，持之以恒。

阅读启示

从部队到地方，从鲁西到阿里，孔繁森走出一条闪光的人生轨迹。他跨越万里关山，走向艰苦的青藏高原，埋头耕耘在雪域边关，用生命诠释了他的大爱和担当。"冰山愈冷情愈热，耿耿忠心照雪山。"正如孔繁森在一首诗中所写的那样，他把自己一颗火热的心献给了西藏高原，献给了党的事业。

拓展延伸

在孔繁森的追悼仪式上，许多群众站在他的遗像前泣不成声，无数的哈达敬献在他的灵前。在阿里，在拉萨，在聊城……成千上万的人呼唤着同一个名字——孔繁森。2018年12月18日，党中央、国务院授予孔繁森"改革先锋"称号并颁授奖章。

麦贤得：钢铁般的海上英雄

　　麦贤得生于1945年12月，是广东省潮州市饶平县汫洲镇人，他的祖父、父亲均系船民。新中国成立前，祖父饿死，伯父被恶霸活埋，父亲曾遭日本海军烧船、毒打，三代都苦大仇深。

　　在学校读书期间，麦贤得曾多次被评为"三好学生"，入伍前连续两年被评为"五好民兵"。不管是当学生还是当民兵，为了集体利益，他总是敢闯敢干，勇于承担重任。有一次，学校帮公社送秧苗，当时狂风

暴雨，沟宽水深，水蛇又多，麦贤得第一个自告奋勇去
送。当民兵时，他曾蹚着齐胸的潮水，一个人用船从被
淹的公社粮仓里抢救出三千多斤粮食。在盐田受到潮水
威胁的紧急时刻，他曾和渔民一起，奋不顾身地投入堵
堤坝的战斗。

　　18岁那年，他加入中国人民解放军海军，任海军某
艇机电兵。他文化底子薄，为了克服重重困难，钻研电
机专业，他放弃了不知多少个休息日，一个人躲到僻静
的山顶上拼命背记，一个个地弄懂生疏的术语、复杂的
原理、繁复的数据。在军事训练中，他同样严格要求自
己。老战士都有一项在无照明条件下转油柜的训练，这
项训练对新战士不做要求，但麦贤得却坚决要求参加。
老同志练的时候，他就跟着看、用心学，并请老同志出
难题考验自己。他举一反三，练就了一套娴熟的本领。
1965年，他加入中国共产党。

　　1965年8月6日凌晨，麦贤得所在的611号护卫艇与
兄弟舰艇在海面执行巡逻任务时，"剑门号"和"章江
号"两艘国民党军舰闯进了东山岛附近的渔场，企图进
行袭扰活动。随着指挥员下达作战命令，我军由6艘鱼
雷艇和4艘护卫艇组成的海上突击编队迅速投入战斗。
麦贤得拉动操纵杆，炮艇昂首破浪向前冲去。战斗中，
敌人的两颗炮弹打进机舱。正在这时，一块高温弹片打
进麦贤得的右前额，一直插到左侧靠近太阳穴的额叶

里，他顿时失去知觉，跌倒在机舱里。副指导员替他包扎伤口时，他苏醒过来，但嘴里已发不出声音，只是焦急地用右手推开副指导员，左手指着机器。副指导员刚刚离开机舱，他竟挣扎着站了起来。额上的鲜血粘住了眼角和睫毛，阻碍了他的视线，但他凭着平时练就的一手"夜老虎"硬功夫，顽强地坚守着战斗岗位。在剧烈摇摆的机舱里，他穿来穿去摸索检查着一台台机器、一根根管路、一个个阀门、一颗颗螺丝钉，并顽强地用扳手将被震松的螺丝拧紧，保证了机器的正常运转。麦贤得忍受着剧痛坚持战斗了3个小时，凭着自身练就的技能，排除舰艇故障，最终击沉了国民党军舰。

战斗胜利结束了，麦贤得却负伤累累，被紧急送进医院。面对伤痛，他始终如一地保持着顽强不屈的精神。为了使右手能摆脱完全麻痹的状态，他艰难地顺着横杆一格一格地往上爬，即使累得汗珠滚滚，也仍然咬着牙坚持锻炼。右手不能写字了，他就学着用左手写。他刚一能走动，就不再让护士照顾他，而是自己扶着墙慢慢地走。早晨，一听到起床号，他就自己穿衣服、叠被子。

头部重伤给麦贤得带来了严重的后遗症，他的智力大大衰退，语言障碍尤其明显。四次脑手术使他失去了很大部分的记忆，但他克服种种困难，一边治疗，一边工作，经常不辞辛苦，应邀到部队讲述战斗经历，开展革命传统教育活动。

麦贤得一直在部队工作，先任海军某部副处长，后任驻汕头某部副司令员。无论职务如何变化，他心中的信念永远不变。麦贤得平时艰苦朴素，但在扶贫济困上却慷慨大方，经常为灾区人民、困难群众捐款。有一次，部队为申奥捐款，忘了告诉他，事后得知此事的他很恼火，专门找到部队领导捐了300元。

2017年，麦贤得被授予"八一勋章"。2019年，他获得"人民英雄"国家荣誉称号。麦贤得这块"革命硬骨头"，成为全国各族人民学习的好榜样。

阅读启示

有了刻入灵魂的忠诚，不管面对怎样的艰难困苦，都能勇往直前，前赴后继。麦贤得是一位具有钢铁般意志的战斗英雄，他的事迹启示我们，应该勇担责任，保持清醒的头脑和坚定的信念，珍惜和平，为国家的繁荣富强贡献自己的力量。

拓展延伸

在麦贤得的书房里，挂着一幅他自己写的字——永做小小螺丝钉。这正是他永恒不变的初心和信念。如今，麦贤得已经近80岁，但仍然精神矍铄，继续发挥着余热。他经常参加各种公益活动，在部队、学校、企业、厂矿等地进行爱国主义教育，传承红色基因。

祁发宝：卫国戍边英雄团长

平均海拔4500米，空气含氧量不足平原的一半，紫外线强度是平原的四倍，风力常年在七八级以上……这里是"世界屋脊的屋脊"，被称为生命禁区的阿里，也是中国人民解放军某边防团团长祁发宝的第二故乡。

1997年，高中毕业的祁发宝带着满腔的感恩之心和一股子敢打敢拼的韧劲入伍参军。在乌鲁木齐陆军学院学习期间，他严格自律、刻苦训练，并最终以第一名的成绩通过了南疆军区军事科目考试。毕业时，年轻的祁发宝毅然选择到最艰苦的地方去，到祖国最需要的地方去。他来到了西藏阿里，这里是离天空最近的地方，也是戍边军人最神圣的战位。

祁发宝驻守的前哨营房位于海拔超过5500米的高地，极度的高寒缺氧，给战士们带来极大的磨炼与考验。"在前哨睡觉，所有人都要戴着棉帽头套，穿着毛衣毛裤、棉衣棉裤，盖两床被子，身上还要压上大衣。可还是经常冻得整夜睡不着觉。"祁发宝说，"冬天阿里封山，长时可达20多天，没有物资补给，我们挖野菜、吃冻肉，10多年就这样过来了。"

除了严峻恶劣的生存环境，艰巨繁重的执勤任务同样无时无刻不在考验着战士们的神经。2005年7月，祁发宝带队骑马巡逻，一边是悬崖峭壁，一边是波涛汹涌的象泉河。途经一段不足50厘米宽的陡峭马道时，军马突失前蹄，摔下悬崖，瞬间被河水吞噬，祁发宝也重重地摔在悬崖边上昏了过去。醒来时，他发现后背被划出六七道口子，鲜血直流。

2015年，祁发宝在接受媒体采访时说："18年来，我先后上千次带队组织巡逻执勤，80多次参加边境管控行动，23次带领执勤分队出色完成急难险重任务，40余次遭遇暴风雪和夏季雪融性泥石流，12次与死神擦肩而过，陪伴过我的军马有5匹受伤或牺牲。"在这里，祁发宝坚守了20多年，从排长一直到团长。

2020年4月，印度边防部队单方面在加勒万河谷地区持续抵边修建道路、桥梁等设施。6月6日，两国边防部队举行军长级会晤，印方承诺不越过加勒万河口巡逻和修建设施，双方商定分批撤军。6月15日晚，印方公然打破双方军长级会晤达成的共识，越线搭设帐篷。按照处理边境事件的惯例和双方之前达成的约定，祁发宝本着谈判解决问题的诚意，仅带了几名官兵，蹚过齐腰深的河水前去交涉。交涉过程中，对方无视我方诚意，早有预谋地潜藏、调动了大量兵力，企图借此迫使我方退让。祁发宝临危不惧，一边继续与印方交涉，一边指挥官兵组成战斗队形与数倍于己的外军对峙，自己则身先士卒，张开双臂顶在最前面，大声呵斥道："你们破坏共识，要承担一切后果！"

这时，对方突然开始用钢管、棍棒、石块发起攻击，祁发宝立刻成为重点攻击目标。"团长快走！"有人伸手去拉祁发宝，想把他拉进身后的人墙里面保护起来，却被他用力甩开："你们先撤！快！快——"话未说完，他头部遭到重创，轰然倒在了地上。军医韩子伟记得，现场为祁发宝包扎伤口时，他一把扯掉头上的绷带，还想起身往前冲，那是他最后一丝力气，随后又晕倒了。营长陈红军带人立即突入重围营救团长，战士陈祥榕作为盾牌手战斗在最前面，摄像取证的肖思远也冲到前沿投入战斗。增援队伍及时赶到，官兵们奋不顾身、英勇战斗，一举将来犯者击溃驱离。印军溃不成军，抱头逃窜，丢下大量越线和伤亡人员，付出了惨痛代价。陈红军、陈祥榕、肖思远毫不畏惧、英勇战斗，直至壮烈牺牲。王焯冉在渡河前去支援的途中，为救助战友牺牲。这些英雄的边防官兵把青春、鲜血乃至生命留在喀喇昆仑高原，筑起巍峨界碑。

在阿里高原的一块崖壁上，刻着八个醒目的大字——大好河山，寸土不让！这是祁发宝刚任团长不久时带领战士们刻下的铮铮誓言。他们扎根在这片圣洁的土地上，奉献在雪域边关，他们用忠诚回馈祖国，用生命丈量雪山。只要有他们在，祖国的边关就无人可以撼动！

阅读启示

祁发宝说："在我们的心中，站在没有边界线的国土上，我们就是祖国移动的界碑！"他扎根阿里高原，身处恶劣环境不言苦，挑战生理极限不畏难，直面生命威胁不怕死，用如火的热忱守卫万家灯火，用铮铮的傲骨安定万里边疆，在雪域高原展现了当代革命军人的担当。

拓展延伸

　　戍边20多年，祁发宝遭遇过几十次暴风雪和泥石流，多次与死神擦肩。面对生死，面对责任，他说："不是所有人都能理解我的选择，但我无怨无悔！"2021年6月，中央军委政治工作部组织新时代卫国戍边英雄群体先进事迹报告会。祁发宝说："如果把军队比作一把利剑，那么军人的血性就是利刃之锋，我们毫无畏惧、不怕牺牲，始终抱定一个信念：宁可牺牲生命，不丢国土一寸，向战而行，勇往直前，纵使前进一步死，决不后退半步生，这是边疆卫士的拳拳报国心。"

陈红军：用生命践行使命的忠诚卫士

加勒万河谷，这条位于西部边境喀喇昆仑山脉褶皱深处的细长峡谷，激流滔滔，乱石嶙峋。这里是祖国的西部边陲，也是守卫和平的一线。2020年6月15日，这里发生了悲壮的一幕：中国人民解放军某机步营营长陈红军奉命带队前往一线执行紧急支援任务，在同印军战斗时英勇作战、誓死不屈，献出了年轻的生命。

1987年，陈红军出生在甘肃省陇南市两当县这片洒满烈士鲜血的红色土地上。他从小就崇拜军人，希望自己长大了也能穿上军装保家卫国。2009年，陈红军从西北师范大学心理学系毕业，在通过公安特警招录考试后，他却临时"变卦"，做出了人生的另一个选择——参军去喀喇昆仑。到了部队，陈红军先后任排长、参谋、连长、协理员、股长、营长，岗位多次转变，但他每次都能快速实现角色转换。在氧气稀薄的生命禁区，在旷古寂寞的世界屋脊，陈红军一腔热血，赤胆忠心。天文点海拔5170米，神仙湾海拔5380米，河尾滩海拔5418米……哨位海拔越来越高，陈红军戍边的脚步却越走越坚实。

2020年6月15日，在加勒万河谷的战斗中，印军非法越线，率先挑衅，暴力攻击中方前去交涉人员。卫国戍边责任重于山，面对严峻考验，陈红军一边带领官兵向事发地奔袭支援，一边做战地动员："同志们，党考验我们的时候到了，大家跟着我冲锋！"陈红军率先冲进"石头雨""棍棒阵"中营救团长祁发宝。战斗越来越激烈，陈红军的头盔被打破，鲜血模糊了双眼，身躯被重压在河床坚石之上。他用尽最后一丝力气，向身边的战友下达了最后一道命令："宁死不当俘虏。"

最终，陈红军因伤势过重，长眠于边防线上。而此时，他还有4个多月就要当爸爸了。他曾经答应妻子，等到退役后就一起带孩子、做饭、钓鱼……然而，他失约了。

2020年10月25日，陈红军的儿子出生了，而这天，也是中国人民志愿军抗美援朝出国作战纪念日。陈红军妻子的爷爷是一名志愿军老战士，她相信这是冥冥之中的血脉传承。她坚强地说："我要把孩子好好养大，让他成为像他爸爸那样的人。"

陈红军在世的时候，一家人没能有机会拍上一张全家福，他牺牲后，妻子与他的战友联系，希望他们能帮着做一张"全家福"。陈红军生前不喜欢照相，战友们仔细翻找，终于找到了一张合适的照片，精心制作成了一张"全家福"。陈红军的妻子说，有了这张全家福，孩子能永远记住爸爸穿军装的样子，让他感到爸爸一直陪伴在他身边。

阅读启示

陈红军用热血铸起界碑，把生命融入祖国的山河，对暴力行径予以坚决回击，宁将鲜血流尽，不让国土丢失一寸。英雄勇敢无畏，只因身后是祖国。陈红军用生命践行了"大好河山，寸土不让"的铮铮誓言。英烈以身许国，但他的精神一直感动着我们，温暖着我们，更激励着我们。

拓展延伸

2022年11月22日，卫国戍边英雄陈红军烈士铜像落户其故乡陇南市两当县。掀下红绸的一刹那，陈红军的铜像显现在大家面前，他戴着战术头盔和眼镜，脸上洋溢着笑容。陈红军的父亲陈珊耀老人泪眼婆娑地说："像极了红军身前的模样。"陈红军的母亲也抱着铜像潸然泪下……向陈红军烈士致敬！

王焯冉：用忠诚践行誓言的热血男儿

"奶奶，这么长时间里我最牵挂的就是您，孙子这些年一直想好好让您享福，可是我却一直不在家……"

"爸妈，儿子不孝，可能没法给你们养老送终了。如果有来生，我一定还给你们当儿子，好好报答你们。"

字里行间，家国情怀跃然纸上。而今，这些家书都成了遗书。写下这些家书的人叫王焯冉，是一位戍守边关的战士。他是个"90后"男孩，爱打篮球，爱做饭。

2016年，王焯冉中专毕业后决定报名参军。他是瞒着家里人偷偷报名的，但父母知道后，都表示默许和支持，觉得应该尊重孩子的理想。他对母亲说："不去参军的话，会后悔一辈子。"从那天起，王焯冉便走进了边关，在参军四年多的时间里，他仅回过一次家。

2020年5月23日，母亲杨素香最后一次和王焯冉通电话。她告诉王焯冉，家里在市区新买的房子快要装修好了，等他回来，就能"找媳妇儿"了。杨素香说，儿子很孝顺，因为自己是一名党员，王焯冉经常跟家人表态，"要向妈妈看齐"。

2020年6月，印军公然违背与我方达成的共识，在加勒万河谷越线搭设帐篷。交涉过程中，对方无视我方诚意，早有预谋地潜藏、调动大量兵力，企图凭借人多势众迫使我方退让。王焯冉所在连队接到命令，渡河支援前线。走上斗争一线前，王焯冉向党组织递交了入党申请书。他说："这个时候递交入党申请书，就是希望组织能在任务中考察自己，在斗争一线考察自己。"

那天，王焯冉和战友马命等连夜渡河增援时，连水裤都没来得及穿。第四次渡河时，有人被激流冲散，王焯冉和马命拼尽全力将三名战友推上岸，自己却被冻得失去了知觉。突然，王焯冉一只脚被卡在了水下巨石缝中。危急时刻，他一把将马命推向岸边，说："你先上，如果我死了，照顾好我老娘！"马命获救了，王焯冉却永远倒在了冰冷的激流中。

"男儿何不带吴钩，收取关山五十州。"从凛冽寒冬到炎炎夏日，从边塞戈壁到雪域高原，面对恶劣的环境和严峻的挑战，王焯冉选择坚守心中的热爱。他把青春挥洒在喀喇昆仑，也把最纯粹的忠诚镌刻在高原，他把不屈的意志和信念熔铸在火热的青春里。

"大好河山，寸土不让。"在加勒万河谷的崖壁上，有一幅高十米、宽五米的标语，这是边防团团长祁发宝和营长陈红军带领官兵戴着手套，用油漆一点一点书写的戍边誓言。王焯冉用生命践行了这铿锵誓言，谱写了一曲感天动地的英雄壮歌。

英雄从未走远，精神薪火相传。一张张饱含深情的祭奠卡片，一朵朵寄托哀思的鲜花，表达着人们对王焯冉烈士的无限敬仰和深情缅怀。王焯冉烈士所在村民兵连被命名为王焯冉民兵连，王焯冉的母亲杨素香受聘为编外指导员，应邀给王焯冉民兵连队员和基干民兵上课，给役前教育训练阶段的新兵讲述王焯冉的成长经历，给党校学员作事迹报告等。她还动员王焯冉刚刚大学毕业的表弟投身军营，英雄的光辉事迹和家国情怀已融入每一个人的血脉之中。

王焯冉：用忠诚践行誓言的热血男儿

阅读启示

　　每一个向死而行的生命背后，都有一段可歌可泣的英勇故事；每一个热烈燃烧的忠魂，都有一种不屈不挠的民族精神。王焯冉用生命诠释了英雄主义的真谛。

拓展延伸

　　2021年2月，中央军委给王焯冉追记一等功；2021年6月，王焯冉被中央军委表彰为全军优秀共产党员；2021年11月，王焯冉被评为第八届全国道德模范；2022年4月，王焯冉当选为"感动中原2021年度人物"。

肖思远：矗立在风雪边关的巍峨"界碑"

2020年5月14日，某边防团战士肖思远用座机给家人打电话报平安。没想到，这竟成了永别。

2020年6月，印军蓄意挑衅。两军发生冲突时，肖思远发现有战友被围攻，便立马冲上前去，拼死营救战友，用身体为战友遮挡石块、棍棒的攻击。

2020年6月21日上午，肖思远的家人接到了部队的电话，说肖思远出事了。肖思远的双亲快速登上前往新疆的飞机。但到了那里，见到自己儿子的时候，已是阴阳两隔……

1996年，肖思远出生在河南省新乡市延津县石婆固镇东龙王庙村，2016年，从河南农业职业学院在校入伍。

肖思远带的班是全连的"尖刀班"，而他正是尖刀班里的"刀尖"。他综合素质在全连拔尖，曾参加军分区组织的预提指挥士官集训，被评为"优秀学员"。连队缺乏教练员，他主动请缨，仅用两周时间就编写了22份教案，完成了边防巡逻、班进攻等课目的示范准备。在他的带领下，参训人员人人熟练掌握组织班排战术、实施边防勤务等指挥技能。肖思远不仅对班里的同志严格，对自己更是严上加严，是出了名的"狠"。他所在的连队担负加勒万方向的守防任务，他背负40多斤重的物资装备跑遍每个点位，即使换防下山休整，也风雨无阻，坚持训练。对于体能弱的士兵，他专门制订强训计划，自己陪着他们一起练。肖思远要求战士做到的，他自己首先做到。在肖思远的带领下，全班共同进步、共同成长，事事争第一、人人当标兵。2018年底，肖思远所带班荣立集体三等功；2020年，连队推荐三人参加预提士官集训，他带的班去了两人，还有两人提了干。

连队临时部署时，条件非常简陋，连升国旗的地方都没有。肖思远带人找来三根钢管，将它们焊接在一起，做了个简易的旗杆，又从四处搬来石块，垒起升旗台。此后，每天早晨，连队都要举行升国旗仪式。肖思远说："有一面国旗飘扬在营区，咱们就有了精气神！"面对鲜艳的国旗，官兵们心气更足了，斗志更高了。有的战士高原反应强烈，常常吃不下东西。肖思远就自己买高压锅、电磁炉等炊具，又跟着炊事班长"偷学"手艺，给大家做豆腐串、烩面、腊肉炒饭等家乡菜。连里许多战友都吃过肖思远做的菜，喝过他煮的胡辣汤。很多战友一说起肖思远，就会提起他做的菜，都说那是他们最喜欢的味道。

2020年4月1日，在家休假的肖思远经过多次申请，终于获得部队批准归队。连队打算让他参加士官参谋培训，他却坚决要求去前线。当得知温泉方向形势紧张，他主动请缨带路。任务完成后，连队领导让他留在后方学通信保障，他却跑到指导员那里请战。连队最终同意让他去前沿观察哨，并安排给他摄像取证的工作。

2020年6月15日，印军违反双方共识，擅自越过实控线搭设两顶帐篷，我方人员前去交涉。肖思远在取证过程中发现，大批印军全副武装、手持盾牌棍棒向交涉点逼近，对交涉人员进行围攻。

在这危险时刻，肖思远将取证的照相机交给战友，自己则冲上前去，与战友携手并肩，组成人墙。面对印军的棍棒、石头，肖思远毫无惧色地掩护战友将受伤的团长祁发宝救出来，成功突围。这时，肖思远发现仍然有战友被围，他再次义无反顾地冲进人群。面对疯狂的印军，他临危不惧，拼尽全力营救战友，终因寡不敌众，不幸壮烈牺牲。2020年6月30日，肖思远烈士的骨灰被安葬在了延津县烈士陵园。

2022年9月，在河南新乡高铁站，驶向军营的列车缓缓启动。肖思远的弟弟肖荣基就在这趟列车上，他即将入伍到"杨根思连"。母亲刘利霞随着列车奔跑、挥手，手里一直攥着儿子肖思远的照片……

阅读启示

英雄已逝，精神长存。面对极其恶劣的自然环境，肖思远选择扎根高原、奉献青春，在雪域边关以生命捍卫领土完整，以誓死捍卫祖国领土的赤胆忠诚和"一不怕苦、二不怕死"的战斗精神，践行了"大好河山、寸土不让"的铿锵誓言，谱写了一曲感天动地的英雄壮歌。

拓展延伸

2021年2月，中央军委给肖思远追记一等功。2022年秋天，肖思远的弟弟肖荣基也来到了部队，接过哥哥手中的钢枪，去继续哥哥未竟的事业，守护大好河山，续写这份"清澈的爱"。

陈祥榕：清澈的爱，只为中国

　　福建省宁德市屏南县素有"红旗不倒县"之称，这里的人们崇文尚武，曾走出了一批批忠肝义胆的闽东儿女，书写了一段段可歌可泣的红色往事。2001年，卫国戍边英雄陈祥榕出生在这里。

　　在所有亲朋好友眼里，陈祥榕从小就非常懂事。小时候跟小朋友玩游戏时，他的手被玻璃划了一道很深的口子，没打麻药，缝了十几针。但他只是吧嗒吧嗒地掉眼泪，完全没有哭出声音。

陈祥榕13岁那年，父亲不幸得了淋巴癌。母亲在海南打理杧果园补贴家用，姐姐上大学，年幼的陈祥榕便主动承担起照顾家庭的责任。父亲晚上腿疼，他就整夜整夜地给他按摩。生活的磨难让他比同龄人更懂事、更坚强。

2019年，陈祥榕高中毕业后报名参军。他对小叔陈臻宝说，要去就去最艰苦的地方，要到前线去。当得知在新疆的部队能够上前线，他便动了去新疆的心思。从福建到新疆，千里迢迢，山高路远，家人都舍不得他去那么远的地方当兵，陈祥榕却说："苦怕什么，去部队不吃苦难道还要享福？"

为了能训练过关，定兵到新疆，他每天5点钟就起床，绕县环城路跑一圈。吃完早饭，他再去集训场地参加训练，丝毫不敢懈怠。集训结束时，他在众多新兵中脱颖而出。9月，陈祥榕登上了开往新疆的列车，成为一名新兵。

祖国的西部边陲，向来是守卫和平安宁的一线。陈祥榕和战友们扎进莽莽群山，挺进冰峰雪谷，用热血和青春筑起巍峨界碑。

2020年4月以来，印军蓄意挑起事端，边防官兵坚决予以回击。陈祥榕在一次战斗日记中写道："面对人数远远多于我方的外军，我们不但没有任何一个人退缩，还顶着石头攻击，将他们赶了出去。"

清澈的爱，只为中国

"清澈的爱，只为中国。"这是18岁的陈祥榕写下的战斗口号。班长问他："你一个'00后'的新兵，口号这么'大'？"他坚定地说："我就是这么想的，也会这么做的。"后来，他真的做到了。

2020年6月15日，是中国边防史上永远不能遗忘的一天。在喀喇昆仑的加勒万河谷，印军公然违背共识，率先挑衅，蓄意制造冲突。我军某边防团团长祁发宝按照国际惯例，卸下全部武装，仅带几名官兵，蹚过湍急的河水前去交涉，对方却突然发起进攻。面对来势汹汹的攻击，陈祥榕作为盾牌手战斗在最前面，他毫不畏惧、英勇战斗，直至壮烈牺牲。

战斗结束了，在清理战场时，有人发现一名战士紧紧趴在营长陈红军身上，已经没有了呼吸，但他还保持着护住营长的姿势。这名战士，正是陈红军平时关爱最多的"娃娃"之一——陈祥榕。

离家还是少年身，归来已成烈士魂。他是守护一方国土的战士，但也是少年，是母亲的孩儿。陈祥榕曾两次提笔给妈妈写信，每次都只写下抬头"亲爱的妈妈"。陈祥榕的奶奶还不知道孙子已经牺牲，家人对她说，祥榕在前线立了功，还要去读书，不能常回家了。她还不知道，陈祥榕的青葱岁月，永远定格在了喀喇昆仑山。

阅读启示

陈祥榕牺牲了，但他清澈的眼睛，清澈的爱，却成为戍边卫士的精神坐标。时光流转，初心不改，"00后"战士陈祥榕用自己的鲜血和生命，续写着"闽东之光"。

拓展延伸

雪域高原捍疆土，红色热土育英才。2020年6月30日，陈祥榕烈士的骨灰被运回家乡屏南。在这片红色热土上，"新四军三支六团"遗址依然矗立，北上抗日纪念碑熠熠生辉，中共闽东特委驻地历久弥坚，陈祥榕的英雄魂也将在此永垂不朽。

顾诵芬：新中国飞机设计大师

　　1930年，顾诵芬出生在苏州的一个书香世家，父亲是著名的国学大师顾廷龙，母亲潘承圭是当时为数不多的知识女性。顾诵芬5岁那年，父亲应邀到燕京大学任职，顾诵芬全家北迁。

　　幼时亲历家国危难，顾诵芬并未选择继承家学，而是投身于我国的航空事业。卢沟桥事变后，日本飞机编队轰炸中国兵营的情景，顾诵芬至今记忆犹新："1937年7月28日，日本人炸咱们29军的营地。飞机飞过，那玻璃窗震得直颤。我虽然那时候只有7岁，但是印象很深。"也是在那时，顾诵芬第一次看到了飞机。七八年后，已经搬到上海生活的顾诵芬，再一次目睹了日本兵营被美国飞机轰炸的场景。"二战美国人之所以占优势，就是他们的空军厉害。"顾诵芬意识到了航空的重要性，"如果没有航空的话，将来还得受人欺负。"从那以后，航空报国的种子就在他的心里扎了根。

高中毕业后，顾诵芬报考了浙江大学、清华大学和上海交通大学三所大学的航空系，并都被录取。最终，他选择了上海交通大学航空工程专业。毕业后，他毅然放弃留校任教的机会，在航空工业局飞机技术科开始了他的航空研究生涯。

要独立自主发展航空工业，提高中国飞机设计制造能力，就必须建立独立的设计机构，自行设计飞机。经航空工业局批准，1956年8月，新中国第一个飞机设计室成立，顾诵芬在设计室担任高级工程师。这个平均年龄只有22岁的团队，有着一个远大的理想，那就是设计出中国人自己的飞机！当时，苏联提供的都是快被淘汰的飞机，顾诵芬深知，如果一直被捏住要害，就永远无法前进，要研制出新飞机、好飞机必须要靠自己。

设计室的第一个任务是设计一架亚音速喷气式中级教练机，飞机定名为"歼教–1"。设计室成立初期，大多数设计师没有实际工作经验，在大学只学过螺旋桨飞机设计基础课程的顾诵芬负责飞机的气动布局设计。那时，国家在这个领域还是一片空白。为了搜集各个国家的技术资料，在已有的英语基础上，顾诵芬日夜奋战，又自学了俄语、德语和日语；碰到有用的图纸，他便用硫酸纸把图描下来，自己动手"影印"；没有测量仪器，他便和同事们去医院收集废针头，自己组装。大家的心里都憋着一股劲，一定要设计出自己的飞机来。1958年7月，歼教-1首飞成功，它是我国自行设计制造的第一架飞机和第一架喷气式飞机，在新中国航空史上占有重要的地位，标志着我国航空工业迈上自主研制的新台阶。

1964年10月，我国第一架高空高速歼击机歼-8飞机开始研制，1969年7月5日实现首飞。虽然首飞成功，但在跨音速飞行试验中，飞机却出现强烈振动，直接影响飞行速度，甚至会导致飞机解体。在没有空测条件，且多次地面试验无果后，顾诵芬做出了一个大胆的决定——自己上天，亲自跟在试验飞机后面观察振动情况。三次跟飞后，顾诵芬终于发现了问题所在，并且通过后期的技术研发和改进将其成功解决。从决定冒险坐飞机上天监测，到顺利结束最后一次飞行，顾诵芬始终没把这件事告诉家里人，因为顾夫人的姐夫就是因空难离世的，他不想让家人担心。

"（飞行员）鹿鸣东同志说了一句话，我到现在一直都不忘。他说，生死的问题对我们来说早已解决，当飞行员的时候就解决了这个问题，从来没有把自己的生命放在第一位。"顾诵芬坚定地说，"那个时候美国和苏联都有超声速，所以干歼-8是必须的。"

60多年来，顾诵芬先后参与主持了歼教-1、初教-6、歼-8和歼-8Ⅱ等机型的设计研发，并在通用航空、大飞机、无人机等多个航空领域做出突出贡献，成为我国飞机空气动力设计的奠基人。如今，已步入耄耋之年的顾诵芬，进行的课题仍与我国航空工业的战略布局息息相关。增强国防，让国家强盛是他毕生的心愿。

阅读启示

以顾诵芬为代表的老一辈飞机设计师们在"一张白纸"的情况下，开创了新中国飞机设计的第一个黄金时代。在航空报国的跑道上，一代代为祖国航空事业接续奋斗的航空人，不断传递着逐梦蓝天的接力棒。

拓展延伸

2021年1月的一天，阳光柔和，摄影师给顾老拍了一张照片。镜头中，他身体前倾，手中捧着一架歼击机模型，就像捧着自己的孩子。他的眼神淡然如菊，却有一种穿透时空的力量。作为享有盛誉的新中国飞机设计大师、航空界唯一的两院院士，他航空报国70年，一生与祖国航空事业紧紧联系在一起，实现了自己立下的铮铮誓言——只有将天空权牢牢掌握在自己手中，才能不再任人欺凌。

罗阳：用生命托举歼–15的"飞鲨之父"

"当我叫你英雄的时候你是否听见，这一去请不要走得太遥远，当我叫你英雄的时候我泪流满面，双手化翼梦想翱翔蓝天……"

这首《我的英雄》是献给航空报国英雄罗阳的，歌曲凝结着悲痛、惋惜、钦佩等情感，真切地歌颂了这位默默奉献于航空事业的幕后工作者。

2012年11月25日，我国自行研制的航母舰载机歼–15首次完成着舰起降试验，这是我国航母建设史上具有里程碑意义的时刻。也就在同一天，研制现场总指挥罗阳却因突发心肌梗死、心源性猝死，永远地倒下了。他把航空梦留在了"辽宁舰"上，把生命献给了我国的航空事业。

少年强，则中国强。当年，罗阳考入北京航空航天大学的时候，只有17岁。他酷爱学习，甚至大年三十仍然在教室里学习。四年里，他悬梁刺股、日日寒窗苦读，用优异的成绩为未来的工作打下坚实的基础。1982年，他被分配到沈阳飞机设计研究所。他担任中航工业沈飞董事长、总经理的五年，是沈飞新型号飞机任务最多、最重的五年，难题难点，好像排着队前来。但罗阳善于解决问题，他采取多种措施推动研制进度，曾创造了很多奇迹。比如，歼-15新机研制提前18天总装下线，从设计图纸到成功首飞仅用十个半月。

2012年1月，罗阳担任中国第一艘航空母舰舰载机歼-15研制现场总指挥。没有经验，也没有现成的关键技术可以借鉴，航空制造大国对技术的封锁，逼着中国的航空人只有自主创新一条路可以走。在航母上，罗阳坚持亲力亲为，与科研人员一起整理试验数据，观看每次起降过程，记录和分析飞机状态。出现身体不适的情况，他也没有中途下舰，甚至都没有去找医护人员检查。

2012年11月23日，阳光明媚，一架编号为"552"的米黄色歼-15战机干净利索地着舰了，停歇片刻，又优美潇洒地滑行起来。50分钟后，第二架歼-15呼啸着俯冲而下，又一次完美地着舰。11月24日，又有三名飞行员相继从容着舰，随后又滑跃起飞。歼-15和"辽宁舰"默契地配合着，一次又一次完美地联合演练。这场震撼人心的钢铁大戏的幕后总导演，正是"飞鲨之父"罗阳。这美丽而雄健的一跃，实现了中国航空工业从陆地到海洋的跨越。歼-15的成功着舰，标志着中国航母具备了形成作战能力的条件，中国有能力走向海洋，维护世界和平。

罗阳依然很冷静，他五次来到舰载机的机舱中，详细研究今后歼-15到航母上服役后维修、拖动等各方面的实际问题。虽然"辽宁舰"首批舰载机全部完成航母起降飞行训练，所有起落都十分完美，可罗阳还是觉得有许多事情没有做。他不放过各个部门技术专家全在现场的这个机会，与他们充分交流，使自己的飞机更加完善。整理过一番笔记后，晚8时，匆匆吃过晚饭的罗阳拿起小本子，又开始逐门拜访：推开试飞部门的房门，询问飞行员的感受，查看飞行员的体征数据有哪些变化；找到雷达系统的工作人员，咨询雷达的工作状态、导航与陆上试验区有什么不同……夜深了，疲惫至极的罗阳终于扛不住了，这么多年，睡觉已是罗阳的奢侈品。"711"工作制（每周工作7天，每天工作11个小时）对他来说已是常态；"724"的工作方式（一周24小时吃住在岗位），每个月至少也要拼上这么一回。

2012年11月25日12时48分，罗阳突发急性心肌梗死、心源性猝死，经抢救无效，在工作岗位上因公殉职，终年51岁。他将生命最后的时光永远留在了"辽宁舰"上，留给了那一汪碧海蓝天。

斯人已去，但他那闪耀着金子般光辉的精神与意志将薪火相传。还会有千万人继续罗阳未竟的事业，传承罗阳的精神，腾飞泱泱中华的航空航天梦。

阅读启示

罗阳说："我们最大的追求就是通过我们的努力，使我国的先进战机能够早日装备部队，使我国的国防工业能够尽快缩小与发达国家的差距。"罗阳的一生是航空报国的一生，他将自己全部的精力和智慧都奉献给祖国航空事业，直至生命最后一刻。他用自己的生命践行了航空报国的铮铮誓言。

拓展延伸

才见虹霓君已去，英雄谢幕海天间！足以告慰英雄的是，中国战斗机已经实现了从陆基向海基、从近海到远海的跨越，中国海上没有舰载机的时代已成为过去。十年间，歼-15、歼-20、运-20、歼-16和空警-500、轰-6K……一大批"国之重器"翱翔蓝天。战机呼啸，海天之间，罗阳从未远去。

戴明盟：航母战斗机英雄试飞员

南海上空，战机尾流掀起炽热的空气。此刻，置身机舱中的他动作娴熟，流露出满满的自信。在巨大的轰鸣声中，他驾驶着战机以堪称完美的姿态完成空中训练，平稳降落在跑道上。他就是我国航母舰载机着舰第一人——戴明盟。

2006年，戴明盟从著名的海军航空兵"海空雄鹰团"中被选拔为首批航母舰载战斗机试飞员。"海空雄鹰团"是一支英雄团队，在抗美援朝和国土防空作战中，创造过击落、击伤敌机31架的辉煌战史。戴明盟成为舰载战斗机试飞员的主要原因，不仅仅是他的飞行技术好，还因为他曾经有过飞机失事跳伞的经历。

1996年8月7日，年轻的戴明盟和师副参谋长康仕俊驾驶一架歼-6战机进行飞行训练，飞机突然发生故障起火。为避免伤及地面群众和重要设施，两人操纵着随时都有可能爆炸的飞机，一直坚持到离地面只有500米时才跳伞。所幸戴明盟没有受伤，康仕俊也只是腰部受轻伤。有的人在经历过这种险情之后，心理会产生阴影，不愿再从事飞行行业，甚至一听到飞机的轰鸣声就会两腿发抖。但戴明盟作为年轻飞行员，并没有因为遭遇过险情而胆怯，反而在后来的飞行任务中更成熟更稳重了。

戴明盟被选拔为首批航母舰载战斗机试飞员时，舰载战斗机歼-15还只是一架没有编号、没有标志、全身涂满黄漆的试验机。试飞机场还在建设中，只有跑道和简易塔台。在这样的环境中，戴明盟和战友们第一次模拟定点着陆、第一次冲索试验、第一次阻拦着舰……他们一步一个脚印地向前探索，慢慢敲开了舰载机事业厚重的大门。

2012年11月23日是歼-15飞机首次着舰试验的日子。这天天气晴好，一大早，歼-15飞机的陆地机场和在大海上航行的"辽宁舰"就同时忙碌起来，一边在准备飞机起飞，一边在准备迎接飞机着舰。

"由于甲板滑跑距离短，需要尽快把飞机加到起飞的速度，我们看到的起飞甲板，根本不是14°的斜面，而是一扇迎面扑来的钢铁巨墙。"戴明盟说，"每次起飞感觉都像是在撞墙，胆小的人开不了舰载机。"经过无数次训练的戴明盟驾机起飞后，十几分钟就到达了正在海上航行的"辽宁舰"的上空。

飞机着舰是世界性技术难题，被称为"刀尖上的舞蹈"。飞行员在高空看航母时，巨大的航母就像一枚小小的邮票。驾驶舰载机进入着舰状态的初始高度是400多米，时速240公里。航母随波浪晃动，还有风在舞动，这些无疑都给飞机着舰增加了难度。飞机必须精确地落在航母甲板尾部的4根阻拦索之间，每根阻拦索间隔12米，有效着陆区只有36米，宽度不及陆地跑道的一半。飞机在陆地机场降落时要减速，舰载机着舰时却要加速——便于一旦挂索失败后"逃逸复飞"。如果减速，飞机挂索失败后就飞不起来，会坠入海中。有人这样形容飞机着舰："就好比在高速晃动中玩穿针引线的细活儿。"

戴明盟的飞机上装有摄像头和图像传输设备，飞机前方的图像就像电视直播一样传输到指挥塔台的大屏幕上。大家紧盯着大屏幕，谁也不说话，现场极为安静。

飞机在航母的上空盘旋了一周，建立航线，开始着舰。飞机从400米的高度，以240公里的时速飞向航母，邮票大小的航母迅速变大。就在即将触舰的瞬间，飞机又加速升上了高空，这是戴明盟在完成真正着舰前的一次预演。

飞机升上高空，再次建立航线，盘旋，俯冲……随着一声巨响，歼-15战机急速触地，战机尾钩牢牢挂住阻拦索，在航母甲板上划出一个巨大的"V"字。"成功了！"顿时，塔台上所有人都叫了起来，鼓掌、欢呼、雀跃，很多人流下了激动的眼泪。

舰载机着舰完全依靠飞行员手动操作，而且整个过程都处于"亚安全"状态。欧美国家的航母舰载机在上舰阶段，都出现过很多机毁人亡的事故，而中国海军的舰载机却是零伤亡。戴明盟驾驶舰载机在"辽宁舰"上的"惊天一落"，实现了我国固定翼飞机由"岸基"向"舰基"的历史性突破。

阅读启示

戴明盟说："作为一名飞行员，我的生命已经与蓝天、使命和祖国紧紧地联系在一起。无论什么时候，我的热血都将为中国梦强军梦而激情燃烧；无论什么情况，我都会朝着经略海洋、维护海权、建设海军的神圣使命努力奋飞！"让我们以他为榜样，勇敢追梦，不畏艰难，书写无悔青春。

拓展延伸

2015年9月3日，带领舰载机梯队出色完成"九三"阅兵受阅任务的，正是海军某舰载航空兵部队部队长戴明盟。5架歼-15舰载战斗机组成的"V"字形梯队，米秒不差地飞过天安门上空，并放下尾钩向人们致敬，引来现场无数赞叹。这是人民海军固定翼舰载机首次参加盛大阅兵。

张超：逐梦海天的强军先锋

他是一位平凡英雄，阳光自信、血气方刚、勇于担当、心怀梦想。如果没有那次意外，他的人生会熠熠生辉。

2003年5月，还在读高中的张超听到部队招飞的消息后，执意报了名。那段时间，岳阳七中的操场上，总会出现一个腿绑沙袋疯狂训练的身影。最终，张超在严格的选拔中脱颖而出，成为当年岳阳七中唯一一个通过选拔的人，如愿成为部队中的一员。

2009年6月，23岁的张超在完成了四年院校培养和一年海军航空兵训练后，因成绩优异成为留校任教的少数人选之一。当教官和战友们纷纷向他祝贺时，他却毫不犹豫地放弃了留校的机会，坚决要求到一线作战部队去。张超从小就崇拜英雄，骨子里有一种英雄情结，"海空卫士"王伟烈士就是他心中的英雄。当分配意向表下发后，他毫不犹豫地填上了王伟生前所在部队——海军南海舰队航空兵某团。虽然部队地处偏僻、条件艰苦，但能够开上最好的飞机，张超已心满意足。短短几年后，他就成了"尖刀班"里的"尖刀飞行员"。

2015年初，海军实施超常规措施，在三代机部队遴选舰载机飞行员。张超梦寐以求的机会来了，他第一个向团里递交了申请，并郑重写道："人民海军要想走向远海深蓝，就要有一群不畏风雨的海空雄鹰！"舰载战斗机飞行员被誉为"刀尖上的舞者"，他们的风险系数是航天员的5倍，是普通飞行员的20倍。当被问到知不知道这里面的危险时，他斩钉截铁地回答："知道，但我就是想来！"

作为航母战斗力的刀锋，这支舰载航空兵部队边组建、边试验，自主培养出我国第一批航母舰载战斗机飞行员。加入飞鲨战队，直面全新的武器装备、全新的训练模式、全新的操纵习惯，一切都得从零开始。张超不断自我加压，加班加点，刻苦训练。海上超低空飞行是歼–15舰载机战术训练中的难点，课目越难他越想飞，任务越险他越往前冲，张超一再请战，最早完成了这个飞行课目。

作为中国第一代舰载战斗机飞行员，张超和他的战友们每天气势如虹地飞行。父母未曾看过，妻儿未曾看过，朋友也未曾看过，他们只有唯一的观众——蓝天。

以身许国，何惧生死？张超曾对妻子说："如果有一天我牺牲了，就把我的骨灰撒到大海里。"这种无惧无畏的英雄气概，始终砥砺着张超的战斗意志。在同批战友里面，他第一个放单飞，第一个飞夜航，第一个打实弹，第一个担负战备值班任务，成了大家公认的"飞行超人"。

然而，意外发生了。

2016年4月27日，晴空万里，天高云淡，是一个难得的适合飞行的好天气。这天，张超共有两个架次的飞行任务。第一架次是超低空掠海突防飞行，他的战术动作衔接非常流畅，完美地完成了规定课目。12点半左右，张超开始第二架次的飞行。按照训练计划，他需要在与"辽宁舰"甲板1：1的着舰区，连续完成六次陆基模拟着舰。

"飞鲨"围绕模拟着舰区盘旋着，对中俯冲，后轮触地，前轮触地，拉升复飞……张超飞得很棒，在场的所有人都为他叫好。很快，张超开始了第六次陆基模拟着舰，这也是整个团队全天的最后一次着舰。张超的整个下滑过程精准稳定，自然流畅，近乎完美。12时59分10秒，飞机沿着标准下划线呼啸而过，后轮在理想的落点率先触地。指挥员们不约而同地叫了声"漂亮"，在记录板上打出本场次最高分。就在大家都以为"落地为安"时，无线电耳麦里突然传来急促的语音警告："电传故障，检查操纵故障信号……"随即，飞机像一匹被勒紧了缰绳的狂奔的烈马，前轮猛地弹起，机头上仰。

"跳伞！跳伞！跳伞！"塔台上传来指挥员的指令。按照特情处置规定，遇到这样的故障，飞行员可以立即跳伞。然而，张超没有这么做。他第一时间将操纵杆猛推到底，试图将上仰的机头压下去，挽救这架造价数亿、与自己朝夕相伴的战机，可是这种尝试失败了。

12时59分16秒，机头还在上仰，飞机骤然离地20多米。机头仰角接近80度时，张超按下弹射按钮。但是，这样的角度，这样的高度，伞不会打开了……从战机报警到跳伞离机，短短4.4秒，生死一瞬。为了挽救战机，张超献出了他29岁的年轻生命。

最后一次飞行，是张超用生命和鲜血谱成的一曲绝唱。飞参数据显示，在那种情况下，他的操纵几乎完美，壮举令人震撼，他是当之无愧的"飞鲨勇士"！

8月中旬，祖国收到了他们传来的捷报。张超同批战友带着他未竟的梦想，驾驶歼-15舰载机成功着舰，取得了航母上舰资格认证。

英雄壮士，永照海天。舰载机飞行团的团歌回荡在天地间："披着清晨的第一缕曙光，年轻的'飞鲨'滑跃起航。穿梭在茫茫的海天上，谁在用忠诚书写信仰……"

阅读启示

英雄不死，壮志永存！张超是在实现中国梦强军梦的伟大征程中涌现出的先进典型，是用生命为航母事业奠基的杰出典范，是"四有"新时代革命军人的突出代表。他把最美的青春献给了最爱的事业，用宝贵的生命为航母事业立起不朽丰碑。

拓展延伸

生死之界，一念之间——国为重，己为轻。张超用生命诠释了什么是英雄主义。2016年11月，中央军委主席习近平签署命令，追授张超为"逐梦海天的强军先锋"；2018年，中央军委批准增加张超为全军挂像英模。

孙家栋：中国航天的"大总师"

"导弹、卫星、嫦娥、北斗，满天星斗璀璨，写下你的传奇。年过古稀未伏枥，犹向苍穹寄深情。"这段感动中国2016年度人物的颁奖词，总结了孙家栋院士为祖国航天事业鞠躬尽瘁、无私奉献的人生。

孙家栋于1951年被派往苏联茹科夫斯基空军工程学院学习飞机发动机专业，并于1958年毕业。1957年毛泽东主席访问苏联，在莫斯科大学接见中国留学生时，发表了著名的"世界是你们的，也是我们的，但是归根结底是你们的。你们青年人朝气蓬勃，正在兴旺时期，好像早晨八九点钟的太阳。希望寄托在你们身上"的讲话。当时孙家栋就在现场，他听后深受鼓舞，并下定决心：国家要我干什么，就去干。

学成归来后，孙家栋投身于导弹设计制造和航天事业。1967年，国家决定研制中国第一颗人造卫星，那时国内没有资料、没有经验、没有专家，在这方面几乎是一张白纸，但时年38岁的孙家栋仍毅然决然地接下了技术总负责人的重任。三年时间里，孙家栋带领科技人员不断克服重重困难。经过不懈奋斗，"东方红一号"卫星终于在1970年4月24日发射成功，我国成为世界上第五个能够发射人造卫星的国家。孙家栋回忆起当时的场景，直言最大的感受就是"扬眉吐气"！

此后，中国航天事业继续向更高的目标挺进，实现了一个又一个目标，而每一个目标的背后，几乎都有孙家栋的身影。他主持了中国第一颗科学实验卫星、第一颗返回式遥感卫星、第一颗通信卫星、第一颗静止轨道气象卫星的成功发射，领导了卫星研制和发射的技术管理工作，在解决重大工程技术问题上发挥了指导和决策作用。在中国自主研制发射的一百个航天飞行器中，由孙家栋担任技术负责人、总设计师或工程总师的就有三十四颗，占整个中国航天飞行器的三分之一。

1989年，美国全球定位系统（GPS）成功发射第一颗组网工作卫星；1994年，美国将二十四颗卫星部署在六个地球轨道上，GPS系统覆盖率达到全球98%。孙家栋坐不住了，他清楚地知道卫星导航系统对于国家建设和国防的重大意义。1994年，国家批准"北斗一号"立项，孙家栋被任命为中国北斗导航系统第一代工程总设计师。自此直至2014年，孙家栋带领北斗人依靠自己、拼搏努力，自主创新、大胆突破，终于在2020年实现了北斗卫星导航系统的全球组网和应用。

2004年，我国正式启动探月工程，已是75岁高龄的孙家栋再次披挂上阵，挑起月球探测一期工程总设计师的重担。很多人不理解，早已功成名就的孙家栋为什么还要接受这项充满风险和挑战的工作，万一失败了，他辉煌的航天生涯可能会因此留下阴影。但他还是那句话："国家需要，我就去做。"他不考虑个人名声得失，只考虑国家利益需求。2007年，当"嫦娥一号"卫星绕月成功的信号传回指挥中心时，孙家栋离开欢呼庆祝的人群，一个人走到角落，抹去眼角的热泪。

孙家栋认为，航天是协作的行业，单兵作战不可想象。作为当年最年轻的"两弹一星"元勋，他说："航天事业绝对是一个集体荣誉，这个东西不靠集体的成就，天时地利人和，没有这个绝对不行。我很不安，我是替所有的航天人领奖。"为此，他建议国家重视对航天人才团队的培育，注重人才的接续性、行业的交叉性和人才相互之间的协同作战能力。孙家栋通过航天工程实践，培养了一大批航天科技人才。

阅读启示

孙家栋这样总结自己的职业生涯：7年学飞机，9年造导弹，50年放卫星。从少年时梦想修大桥，到前往苏联学习飞机发动机专业；从回国之初研制导弹，到与卫星结下不解之缘，孙家栋的人生屡次经历转折，但这位中国科学院院士的爱国情怀、报国之心从未改变。他关键的几次人生选择可以概括为一句话，就是："国家需要，我就去做。"

拓展延伸

为了探月工程，孙家栋养成了"看月亮"的习惯。有好几次，有时是半夜，有时是凌晨，老伴醒来发现孙家栋不见了，细听房间里没有一丝动静，吓得她大喊。孙家栋却很沉稳地说："你睡你的觉，不要大惊小怪。"原来，孙家栋夜里起来看到窗外挂在空中的那明亮的月亮时，总会不由自主地到阳台上多看上几眼。他仔细看着月亮慢慢移动，心里默默琢磨着月亮与工程的一些联系。

杨利伟：中国飞天第一人

　　2003年10月15日，酒泉卫星发射中心，戈壁滩上空晨星闪烁，黎明的熹微之光映出地平线优美的轮廓。5时28分，身着乳白色航天服的杨利伟出现在欢送人群的面前。"我奉命执行首次载人飞船飞行任务，准备完毕，待命出征，请指示！中国人民解放军航天员大队航天员杨利伟。"杨利伟向中国载人航天工程总指挥报告。

　　"出发！"

6时1分，杨利伟进入神舟五号飞船座舱。简单适应后，他开始有条不紊地做起飞前的各项准备工作。"10、9、8、7……"零号指挥员的倒计时口令响彻发射场上空。听到"4"的时候，杨利伟下意识举起了戴着很大航天服手套的右手，冲着摄像头的方向庄严地敬了一个军礼。"在那个万众瞩目的神圣时刻，只有敬礼才能表达自己内心的感受。""3、2、1……点火！"9时整，神舟五号飞船在长征二号F火箭的托举下腾空而起。

在火箭加速上升的过程中，杨利伟刚开始感觉良好，但很快，他就遇到了麻烦——火箭开始急剧抖动，产生了共振。此前，他从来没有进行过这种训练。

"难以承受的痛苦，感觉五脏六腑都要碎了。"杨利伟说，"有一刹那，以为自己要牺牲了。"这种共振状态持续了二三十秒钟后开始慢慢减轻，杨利伟终于从难受的状态中解脱出来。3分20秒，整流罩打开，阳光透过舷窗照射进来，他不由自主地眨了一下眼睛。画面实时传回了地面，原本寂静无声的指控大厅突然有人大喊："快看啊，他眨眼了，利伟还活着！"第一次进入太空，很多东西是未知的，是不确定的。面对挑战，杨利伟早已做好了牺牲的准备。

"火箭和飞船分离的那一刹那，真正意义上的太空失重的感觉出现了，无以言表，非常震撼。"被牢牢束缚在座椅上的杨利伟，突然感觉自己飘起来了，舱里用来系设备的带子也都飘了起来，连灰尘也一下子全起来了。杨利伟迫不及待地解开束缚带，飘到舷窗那儿，贪婪地看着眼前的太空和地球。"我所能看到的一切，充分表明了中国航天技术的成功。"他拿出了太空笔，在工作日志背面写道："为了人类的和平与进步，中国人来到了太空。"

杨利伟出生在海边，儿时的他有一个梦想，就是期望有一天，自己能像海鸥那样在蓝天翱翔。1983年，杨利伟考进了空军第八飞行学院，四年的刻苦训练使他成为一名优秀的歼击机飞行员。从华北到西北，从西北到西南，祖国的万里蓝天上，处处都有他矫健的身影。1996年初夏，杨利伟接到参加航天员初选体检的通知。他说："航天员是个非常神圣的职业，自己特别希望能走进这支队伍。"但航天员的选拔标准近乎苛刻，初检之后还要进行临床"特检"：在离心机上飞速旋转，测试各种超重耐力；在低压试验舱测试耐低氧能力等。种种挑战身体极限的测试，非常人所能忍受。1998年1月，杨利伟和其他十三位优秀的空军飞行员一起，成为中国第一代航天员，开始了夜以继日的训练生涯。航天基础理论学习课程繁多，杨利伟的文化基础在这批航天员中并不是最好的，但是他肯于吃苦，善于钻研，在学习中下了更多的苦功夫。除了学习理论，他们还必须接受严格的特殊身体素质训练：航天环境适应、航天任务模拟、救生与生存训练等。每一种训练都是对身体和意志的双重挑战。无数个日夜的学习和训练让杨利伟在各项测试中都取得优异的成绩，在首飞选拔的五次考试中，杨利伟获得了两个99分、三个100分，名列综合考评第一名，成为首飞航天员第一人选。

飞船每90分钟绕地球高速飞行一圈，飞行过程中人体会产生极大的不适应。而经过常年训练，对飞行程序和操作烂熟于心的杨利伟镇定自若，操作过程安全无误。10月16日凌晨，当飞行到第14圈时，杨利伟接到了返航的指令。在经历了最危险的"黑障区"之后，他安全返回地面。面对一双双关切的眼睛，杨利伟激动地说："我为祖国感到骄傲！"在完成了21小时23分钟的太空飞行后，中华民族千年飞天梦圆。

阅读启示

杨利伟是实现中华民族千年飞天梦想的传奇人物，他与中华民族自强不息、锐意进取、不断创新的精神完美融合。他勇于拼搏，甘于奉献，极大地推动了中国航天科技和国防事业的发展。

拓展延伸

2010年3月，杨利伟在北京交通大学"为祖国而骄傲"报告会上谈到祖国对当代大学生的要求时说道："不管是祖国的航天事业还是其他岗位，需要的是兼具知识、能力和意志的人才，当代大学生应该珍惜大学生活，不仅学习知识，更应学习方法，学习做人、做事，要胸怀祖国、热爱人民、脚踏实地、勤勉自强。中国的航天技术距离世界顶尖水平还有一定差距，这就需要当代大学生更加勤奋努力，为了中国的荣誉不断开拓和创新。"

景海鹏：四巡苍穹的英雄航天员

　　2023年5月30日，57岁的景海鹏开始了自己第四次的太空之旅。他打破了中国载人航天的多项纪录，成为中国飞行次数最多、时间最久、高度最高的航天员。

　　2008年9月，景海鹏首次执行神舟七号载人飞行任务，与航天员刘伯明一起配合翟志刚完成太空出舱行走，在343公里的太空轨道实现中国人与宇宙的第一次直接"握手"。翟志刚出舱时舱门险些打不开，刚刚打开准备出舱之时，轨道舱又连续响起火灾警报。作为飞船操作手的景海鹏沉着冷静，准确判断意外险情，精准操控，与两名执行出舱任务的航天员一起出色完成了首次空间出舱活动任务。虽然后来证明火灾是系统误报，可有那么一瞬间，景海鹏真的以为自己回不来了。在2008年"感动中国"颁奖晚会上，主持人问景海鹏："当时你们有没有想过回不来？"景海鹏的回答是："我理解你所说的回不来，就是像卫星一样绕着地球转。"观众们听了哈哈大笑，他又加了一句："即使我们回不来，也一定要让五星红旗在太空高高飘扬！"

2012年6月12日，景海鹏又入选了神舟九号飞船载人航天飞行乘组，分配02岗并当选指令长。6月16日18时37分，神舟九号顺利发射，景海鹏与刘旺、刘洋一起乘坐神舟九号飞船顺利升空，进入预定轨道。6月18日14时许，神舟九号与天宫一号自动交会对接取得圆满成功。6月18日17时04分，景海鹏、刘旺、刘洋"飘"进天宫一号，太空中从此有了真正意义上的"中国之家"。在执行飞行任务时，担任指令长的景海鹏不仅要确保成百上千个指令准确无误地发送，还要组织各类实验有序开展；不仅要严格执行飞行计划，还要调动大家的主观能动性，使大家高效愉快地在天宫一号中工作生活。6月29日10时08分，景海鹏从神舟九号返回舱顺利出舱。

2023年3月21号，景海鹏第四次搭乘神舟十六号飞船，跟另外两位航天员朱杨柱、桂海潮一起，又一次踏上了太空之旅，完成了中国的第七次载人航天航行。景海鹏说："作为航天员，执行飞天任务出征太空是我们的主责主业，是我的工作，每名航天员都应该是这样，作为一名航天员就应该时刻准备任党挑选，再立新功。你问我为什么还要上，我不仅想上，也十分渴望再上太空，要跑好空间站属于我的那一棒。"从首次登上太空2天20小时27分钟的飞行，到神舟十六号5个月的宇宙遨游，他每一次都圆满完成了任务，为中国载人航天事业做出了重要贡献。

1998年，作为飞行了长达1220个小时的空军飞行员，景海鹏如愿成为中国首批航天员。在第一次登太空之前，景海鹏历经了十年的漫长训练，完成了基础理论、航天环境适应性、航天专业技术等八大类上百个科目的训练，以优异成绩通过航天员专业技术综合考核。他早上6点半起床，从没有在12点前入睡过，每天保持9个小时的高强度训练。晚上回到宿舍，他还要写总结，思考第二天的训练内容。"他是个特别执着的航天员，特别细心和认真，对自己的要求也比较高，追求完美。尤其是从神五到今天，我们能看到他的成长，越来越成熟，越来越稳重，越来越让人放心。"中国载人航天工程航天员系统总设计师黄伟芬这样评价他。

第一次飞行后，景海鹏在日常训练中经常给战友们传授经验，进行有针对性的指导，比如，在失重环境下东西不能随意放、移动身体前必须先找好固定等。陈冬、刘洋等搭档都领教过"景式"训练手段：平时训练时，景海鹏会在对方毫无准备的情况下突然抛出问题，考考对方是否所有知识技能都扎实掌握。陈冬说："在我心中，他一直是我的榜样。他的太空飞行经验丰富，在训练中给了我很多指导。他是一个非常严格的人，不光对别人更是对自己。有时训练他会突然问我问题。他还是个非常细心的人，考虑问题非常周到。"

为什么还要飞？这是景海鹏被问得最多的问题。他总是微笑着给出答案："原因很简单，这就是我的本职工作。"

阅读启示

景海鹏常说："只要任务需要，我时刻准备接受祖国的挑选，这是中国航天员的使命与荣光。"作为中国首批航天员，他始终秉持着祖国利益高于一切的信念，把党和国家的事业看得比天还高，把飞天的使命看得比生命还重，通过勤奋学习、刻苦训练、挑战极限、超越自我，成就了四巡苍穹的奇迹，为我国载人航天事业做出了重要贡献。

拓展延伸

　　景海鹏，中国人民解放军航天员大队特级航天员，2008年被授予"英雄航天员"荣誉称号，2016年获"一级航天功勋奖章"，2017年被授予"八一勋章"，2018年被授予"改革先锋"称号。景海鹏还是一个篮球爱好者，他曾说："我为什么对小时候打篮球的事印象这么深？我人生的底色其实在那时候就开始涂了。打篮球让我明白一个道理：身高不占优势，其他不占优势，你凭什么？你必须有个绝活。绝活从哪里来？时刻准备。宁可备而不用，也不能用而不备。"

刘洋：中国首位航天女英雄

2012年6月16日18时37分，随着神舟九号成功发射，刘洋成为中国第一位进入太空的女航天员。

刘洋从小就是班中的"尖子生"，成绩名列前茅。在老师和同学眼里，刘洋一直是各方面都很优秀的好孩子。她的学业路顺风顺水，从初中到高中表现都很出色，还被评为郑州市优秀团干部、市级"三好学生"。1997年8月，刘洋通过层层严格的体检，并以超过当年地方重点院校录取线31分的高分考进了空军长春飞行学院（现中国人民解放军空军航空大学），成为全市首个也是当时唯一一个被录取的女飞行员。刚到飞行学院时，刘洋有些不适应，"到处都是规矩、纪律，就像一把悬在头顶的利剑……齐步，正步，跑步，一切都要从头学起，为了一个摆臂，在烈日下一站几个钟头，奔跑、跳跃、单杠、吊环，累到手发软，腿发抖……"这就是自己曾经千百次憧憬过的军校吗？每周三到五次的军体课，更是挑战着刘洋的体能极限。"飞行员是一个精神、意志、脑力和体力并重的职业……与同期入伍的体育生相比，我远远地落在了后面。"这是刘洋对自己最初的评价。长跑、单杠、旋梯、固定滚轮……操场上每天都有她的身影，她开始更加努力地改变自己，努力去理解这苛刻而单调的生活的内涵。慢慢地，她适应了这一切，也渐渐爱上了这身绿色的军装。

2001年夏天，刘洋从飞行学院毕业后，成为广空航空兵某师一名运输机飞行员。天南海北，刘洋安全飞行了1680个小时，交出了飞行员生涯的漂亮答卷。2009年，中国第二批航天员选拔开始，刘洋报名参选。航天员选拔共有四轮考测筛选，在一千五百名候选飞行员中，最终通过筛选的预备航天员只有不到二十名，刘洋脱颖而出。她的所有项目都是一次通过，心理测试成绩也排名第一，综合素质好，没有明显短板。就这样，刘洋走进了位于北京西北郊的中国航天员训练中心，成为中国首批女航天员。

相比飞行员，宇航员的训练更为严苛。坚持，是刘洋有效应对各种困难的手段。经过两年多的训练，在体能和心理极限一次次达到边缘之后，她慢慢达到了八大类几十个科目训练任务的一级水平，并以优异的成绩通过航天员专业技术综合考核。在神舟九号飞行任务乘组选拔中，刘洋顺利入选，代号03，主要负责空间医学实验的管理。在一次地面模拟训练时，景海鹏和刘旺正在实施交会对接，正在监视同伴操作的刘洋第一时间发现了教员组给乘组设置的"失火"信号，她冷静地根据操作手册发出撤退的指令。"这种情况在实际飞行中概率太小，但她能清晰、迅速地发出指令，很难得，说明她特别自信、果断。"景海鹏对此印象深刻。2012年6月16日18时37分，神舟九号成功发射升空。在翱翔太空的十三天里，由刘洋和景海鹏、刘旺组成的神九飞行乘组，先后与天宫一号目标飞行器在轨成功进行了两次交会对接，圆满完成了中国首次载人交会对接任务，并按计划开展了一系列空间科学实验和技术试验，取得了丰硕成果。

完成神舟九号任务后，纷至沓来的荣誉并未改变刘洋对待生活的态度。"我们每天还是过得和以前一样，重复普通的生活。"刘洋保持低调，开始淡出公众视野。她将更多时间投入训练备战，为在太空长时间驻留和出舱活动做准备。对航天员而言，长时间驻留和出舱活动对知识、技能、体力、心理等提出了更高要求。刘洋总是来得早、走得晚、训得长，回宿舍还要"加餐"——练握力，举杠铃……

2022年6月5日，神舟十四号载人飞船顺利升空，与空间站实现交会对接。陈冬、刘洋、蔡旭哲三名宇航员全部进入天和核心舱，他们在轨生活六个月，配合完成问天实验舱、梦天实验舱与天和核心舱对接转位，中国空间站的在轨建造以及内外设备的安装调试，开展空间科学实验与技术试验等工作。这是我国航天员首次从问天实验舱气闸舱出舱实施舱外活动，也是刘洋首次执行出舱活动任务。

"执行任务后，经常有人问我，是不是从小就向往奔月的嫦娥，有着飞天的志向。"在一次航天员群体先进事迹报告会上，刘洋回忆起了自己最初的梦想。她感慨地说："上飞行学院时，教员给我们讲述世界第一位飞上太空的女性——苏联航天员捷列什科娃的故事，深有感慨地说：'中国是嫦娥的故乡，太空不能没有中国女性的身影！'从那时起，飞天的向往便印在我的脑海中。"

阅读启示

作为我国首位登上太空的女航天员，刘洋胸怀祖国、矢志奉献，不畏艰险、奋勇攀登，以坚定的意志、沉着的心态、精湛的技术圆满完成了各项任务，为我国航天事业的发展做出了重大贡献，实现了中华女性孜孜以求的飞天梦想，展示了当代中国女性的时代风采。

拓展延伸

2022年国庆佳节，中国航天员首次在太空度过，中国载人航天工程办公室发布了神舟十四号乘组航天员在轨拍摄的祖国美景。刘洋给自己的摄影作品写就小诗："如果有人问我，祖国是什么？我会告诉他，祖国是航天员最牵挂的远方。"刘洋现为中国人民解放军航天员大队特级航天员，大校军衔。2012年被授予"英雄航天员"荣誉称号，并获"三级航天功勋奖章"；2018年被授予"时代楷模"称号。

王亚平：最美太空教师

　　在《开学第一课》和"天宫课堂"中，有一位讲授宇宙奥秘的"摘星星的妈妈"，她就是两次登上太空、有着"最美太空教师"之称的特级航天员——王亚平。

　　王亚平出生于山东省烟台市的一个小山村，父母都是农民，家里靠着几亩果树作为收入来源。王亚平从小就聪慧懂事，很早就展露出她不同寻常的一面。王亚平好学、要强，是个数一数二的"尖子生"，从一年级到五年级一直都是班长。凭借着优秀的学习成绩和管理能力，王亚平在同学当中也有着较高的威望。王亚平身体素质相当好，是"天生的体育能手"，从三年级开始参加校、区运动会，一直到高中从未间断，参加的项目一直都是长跑。初中毕业后，王亚平凭借着优异的成绩考入了福山第一中学。1997年，空军长春飞行学院来到福山一中，想要招收一名"视力不错的女生"，恰好当时全班二十名女生里只有王亚平不戴眼镜。在老师和同学的极力劝说下，王亚平抱着可有可无的心态"跑去试试"。谁也没想到，王亚平一路过五关斩六将，竟然真的通过了选拔。最终，王亚平以超过学校录取分数线130分的成绩，成为空军长春飞行学院的一名学生。从此，王亚平开启了她和蓝天的不解之缘。

飞行学院的训练难度让她记忆尤深："那时候长春零下二十多摄氏度，我们还要出去练体能，一趟下来衣服里面全被汗湿了，可是外面却全结了霜，连睫毛上都是小冰粒……"尽管条件如此艰苦，从小养成的严于律己的优秀习惯仍然敦促着王亚平，让她在诸多学生中依旧保持着领先的成绩。尤其是在飞行员必练的七千米长跑项目上，不少同级的学生都忍不住来找王亚平"取经"，询问她到底是怎么做到的。面对同学的疑惑，王亚平总是认真回答道："每次快要受不了的时候，我就不断逼着自己，再坚持一下，再坚持一下，就这样一直坚持到了最后。"靠着这些"再坚持一下"，2001年，王亚平顺利毕业，成为一名优秀的飞行员。

在飞行岁月中，王亚平驾驶运输机参加过汶川抗震救灾物资输送，也参加过北京奥运会"减云消雨"的任务。她的飞行时间足有1600多小时，在同驾龄的飞行员当中，她的数据遥遥领先。在得知国家正在从飞行员中选拔优异人员作为新航天员时，王亚平毫不犹豫地报了名，并且在2010年5月以优异的成绩顺利从无数女飞行员中脱颖而出，正式成为中国第二批航天员。

航天员的训练，要比飞行员更加苛刻、艰难。王亚平不仅需要重新学习五十多门飞行课程，更要接受"零失误""零差错"的考核挑战。三年中，王亚平每天一睁眼，就是去考核场进行训练。凭着过硬的心理素质和实操技术，王亚平最终被正式选入神舟十号首飞女航天员乘组当中。2013年6月11日，王亚平和聂海胜、张晓光乘神舟十号飞向太空。6月20日上午，王亚平在指令长聂海胜和摄像师张晓光的协助下成功进行中国首次太空授课。短短40分钟，为孩子们打开了一扇"科学之门"。

返回地面后，她收到很多孩子们的来信，信中饱含童真童趣，洋溢着求知热情。有的说："我也想飞向太空，探索其中的奥秘。"有的说："请把接力棒交给我吧！"还有不少孩子问："什么时候再有太空授课？"

带着这些期待，经过八年不懈努力，2021年10月16日，神舟十三号载人飞行，王亚平再次出征，开启为期6个月的太空之旅。11月7日，王亚平身着我国新一代"飞天"舱外航天服成功出舱，迈出了中国女性舱外太空行走第一步。12月9日，"天宫课堂"正式开讲，时隔八年，王亚平在翟志刚、叶光富的配合下再一次进行了太空授课。在约60分钟的授课中，他们介绍展示了空间站的工作生活场景，演示了微重力环境下细胞学实验、物体运动、液体表面张力等神奇现象，并讲解了实验背后的科学原理。授课期间，航天员还通过视频通话的形式与地面课堂师生进行了实时互动交流。有的同学课后还写信上传到中国空间站，王亚平高兴地回信："只要敢于追梦、勇于追梦，就一定能够迎来自己梦想的发射时刻。"

阅读启示

王亚平说："我依然渴望带着孩子们的科学梦再次飞向太空，完成新的探索，用知识点亮浩瀚星空，继续书写中国和人类航天事业新的辉煌。"她三次站上"太空讲台"，分享科学的乐趣与奥秘，激发青少年崇尚科学、求知阅读的兴趣，折射出航天事业对青少年科学素养的召唤和激励。

拓展延伸

　　因为工作原因，王亚平与家人聚少离多。2021年，王亚平要乘坐神舟十三号升空，不得不与女儿分离一段时间。为了安抚女儿的情绪，她向女儿许下诺言，回来时会给她摘一颗天上的星星。历经183天，神舟十三号返回舱成功着陆。顺利出舱后，王亚平面对镜头动情地对女儿说："摘星星的妈妈，回来了！"王亚平现为中国人民解放军航天员大队特级航天员，大校军衔。2013年被授予"英雄航天员"荣誉称号；2022年被授予"二级航天功勋奖章"，荣获"最美太空教师"称号。

吴天一：青藏高原的守护神

1935年6月25日，吴天一出生于新疆维吾尔自治区伊犁哈萨克自治州的一个塔吉克族知识分子家庭，取名依斯玛义·赛里木江。后随父母去南京生活了九年，于是，他有了汉文名字吴天一。

1958年，为响应党中央号召，从中国医科大学毕业、才走下朝鲜战场没几年的吴天一和妻子来到了另一个战场——青藏高原，支援大西北建设。那时，无数来援藏的年轻人因不敌高原反应被打倒，而国内关于高原医学的研究在当时还是一片空白。

至今，吴天一仍清楚地记得那天，一位退伍军人被送到了他所在的医院。这个20多岁的小伙子呼吸困难，脸色发紫，口吐白沫，抢救的医生两天两夜没合眼，也没能挽回他的生命。"在朝鲜，美帝国主义的飞机大炮没把我打倒，在高原上得了这种怪病，看样子是挺不过去了。"患者离世前的话让吴天一痛心不已，他下定决心，要闯一闯这片"无人区"。于是，吴天一开始投身于高原病防治的研究。

1978年，吴天一与同事共同创建了全国第一家高原医学研究所。高原医学研究不同于一般的医学研究，它的实验室不仅在室内，更在万仞高山之中。为了全面掌握各种急慢性高原病，吴天一开始带队在高海拔牧区调查牧民体质特征。1979年至1985年，他主持了历时7年之久、覆盖10万人之众的高原病大调查。

"走进大地，走进生活"是吴天一高原医学研究的真实写照。饭点饿了就吃自带的干粮，晚上困了就与牧民同睡零下30摄氏度的帐篷，他还常在深夜点着油灯整理调研资料。他和团队骑着马、赶着牛，上山、过河，足迹遍布了青藏高原的河流、冰川、草原……他多次死里逃生，全身14处骨折过，一条腿里至今还留着一块钢板。有一次过河时，河水几乎淹到了马的肚皮，马鞍的镫已经浸在水里了，他也差点被一个漩涡冲走。他还多次遭遇车祸，最严重的一次，一根肋骨差点戳入心脏，险些送命。然而在车祸后的第106天，他又出现在了阿尼玛卿雪山下的马背上。尽管当时浑身非常疼，但身为带队者，他强忍着疼痛前行。他勇闯高海拔，深入偏远区，只为了解真实的高原环境，取得最有价值的科学资料。

2001年青藏铁路开工，吴天一担任医学专家组组长，指导建起45个高压氧舱、38个低压舱。他主持撰写的《高原保健手册》和《高原疾病预防常识》被送到最前沿的每一个施工者手中。在青藏铁路建设的5年里，14万铁路建设工人没有一人因高原病死亡，这被国际医学界誉为"高原医学史上的奇迹"，吴天一也因此被称为"生命的保护神"。

吴天一为高原医学研究倾注了全部的心血，但对远在国外的父母却满怀愧疚。如今，他的双亲都已逝去，没能在父母床前尽孝，成了他永远无法弥补的遗憾。但他并不后悔，"不能双全的，要做这个就要舍那个。我舍的是没有到美国和家人团聚，但是我走的是中国高原医学的科研道路。"

数十年来，吴天一执着开拓高原医学研究的荒地，填补了我国低氧生理和高原医学研究领域的空白，为青藏高原的社会发展和国防建设奠定了生命安全保障的基础，为高原人群的生存质量构建起了科学体系。

阅读启示

吴天一推动高原医学从无到有、从弱到强，他用漫长而艰辛的奋斗历程，向世人展现出医务工作者的"医者仁心"。吴天一践行着共产党员的初心和使命，他的名字，深深烙刻在青藏高原各族人民心中。

拓展延伸

在高低压综合氧舱首次人体实验中，吴天一右耳鼓膜被击穿，听力严重受损；在强烈的紫外线影响下，年仅40岁的他便患上了白内障，后来手术植入了人工晶体；长期在高原奔波，又使他患上慢性高原心脏病……这些年，吴天一总在挑战自己的身体极限，身体屡遭重创的他，对高原病学的研究却愈发深入透彻。

吴登云：帕米尔高原上的白衣圣人

他从小生长于江南水乡，1963年盛夏，刚从扬州医学专科学校毕业的他响应党的援疆号召，满怀希望地来到祖国西部的边陲小镇，兢兢业业地救死扶伤。他就是已经退休的克孜勒苏柯尔克孜自治州乌恰县人民医院原院长吴登云。

吴登云，这是一个被新疆各族人民牢记的名字，他用自己的青春和热血换来众多少数民族同胞的尊敬和爱戴。他曾说："对于一个医生来说，就是要对患者抱有强烈的同情心，就是要像白求恩那样，对病人满腔热忱，对工作极端负责。自己受一点累，献出一点血、一点皮，换来病人的健康和生命，我觉得这是天底下最值得做的事情。"而他也正是这样做的。

乌恰县下辖9个乡、34个行政村，地广人稀，医药短缺。从20世纪60年代初到80年代末，吴登云每年都要花三到四个月的时间在全县进行巡回问诊。乌恰县位于新疆维吾尔自治区西部、帕米尔高原北部、塔里木盆地西端、天山南麓与昆仑山两大山系接合部，地形地势复杂且交通不便，可吴登云却骑着马翻山越岭走遍了乌恰县的各个乡村。有的村落间相隔较远，沿途人迹罕至，他只得风餐露宿。在过去的30多年中，吴登云坚持深入牧区问诊，给当地村民、牧民带去生命的希望，他也因此被当地牧民亲切地称作"白衣圣人"。

1966年，乌恰县人民医院接诊了一位患功能性子宫出血的柯尔克孜族女性。因失血严重，病人住院时已奄奄一息，急需输血抢治，然而，医院却没有血库。为了挽救病人的生命，吴登云当即决定自己献血。看着自己的鲜血从体内经过血袋又流进病人的血管，看着患者的身体一天天康复，吴登云感到十分欣慰。自此，他开始不定时为需要的患者献血。据不完全统计，吴登云曾先后30多次为病人无偿献血，累计献血7000毫升，这相当于一个成年人全身的血液总量。

1971年，一个两岁的小男孩不小心掉入火中烧伤，送来医院时已经生命垂危。经过十多天的努力抢救，孩子渡过了休克期和感染期，暂时脱离了生命危险。但由于伤情严重，孩子身上完好的皮肤已所剩无几，从何处取皮进行创面移植又成了令人头疼的问题。面对棘手的创面移植，吴登云又一次站了出来，让护士从他身上取皮。护士们不敢也不忍心，拒绝配合。为了抢救婴儿，不耽误病情，吴登云毅然决定自己动手，给自己注射麻药，从身上割下13块皮肤移植给孩子。

1984年，走上乌恰县人民医院院长岗位的吴登云，此时面临的最大的问题就是医疗人才短缺。于是他制订了一个"十年树人计划"，到各乡镇卫生院物色医护人员。吴登云白天上班，夜里帮助他们学习汉语，然后把他们送去乌鲁木齐的医院进修，回来后又手把手地传帮带，使大批少数民族医生成长起来。过去这家连阑尾炎手术都做不好的医院，现在几乎能做所有常规的手术，医疗水平大大提升。在医院工作期间，吴登云救治了不计其数的患者，培养了大批少数民族医疗骨干，有效促进了当地医疗事业的发展。

吴登云热爱边疆，几十年如一日地扎根边疆、建设边疆。热爱边疆各族人民不是一句空话，他把柯尔克孜族牧民视作手足，始终践行着"做一名人民的好医生"的诺言。

阅读启示

吴登云说："我只是一名普通的共产党员，在43年的工作生涯中，我只不过尽了一个共产党员应尽的义务，而党和人民却给了我这么多、这么高的荣誉。我只有做得更多，才能无愧于党和人民。"吴老不忘初心，让我们深深感受到一位共产党员的坚强党性，这是最值得我们后辈学习的。

拓展延伸

2021年，国家广播电视总局为庆祝中国共产党成立100周年创作的主题作品《理想照耀中国》之《白骏马》开播，该专题片介绍了被乌恰各族人民称为"白衣圣人"的吴登云。这是继电影《真心》和电视剧《帕米尔医生》后，又一部将这位扎根边陲的医者形象展现在荧幕上的影视作品。从热血青年到白鬓暮年，吴登云在边疆当了60多年的医生，对于乌恰的百姓来说，他不仅是医生，更是亲人。吴登云对乌恰的每一抷土都有感情，他拒绝了女儿让自己退休后离开乌恰的建议，并用行动感染了女儿继续留在乌恰，为当地医疗事业做贡献。

李素芝：雪域高原好军医

　　1976年7月，李素芝毕业于中国人民解放军第二军医大学，因学习成绩优异被留任学校附属医院工作。一次，李素芝所在的科室收治了一位从西藏来的军人，李素芝和他成了朋友。在一次聊天中，李素芝从这位边防军人口中得知西藏缺医少药的艰苦状况，当天夜里，他便写下了入藏工作的申请。就这样，23岁的李素芝来到了被人们称为"世界屋脊"的雪域高原，一干就是40年。他行医30多年，主刀手术1.3万多例，被誉为"高原一把刀"。小到阑尾手术、大到开颅手术，他都记录在笔记本上，写下了十余万字的医学笔记。

初到西藏，李素芝被分到了山南地区部队医院，他却主动要求下基层卫生队。李素芝跑遍了边防的连队、哨所，为每一位官兵建起健康档案，并逐个记录官兵在高原的年度生理化参数。

一年后，李素芝调到西藏军区总医院工作，他的第一个病人是患有先天性心脏病的18岁藏族姑娘。由于病情严重，她最终因抢救无效离世，这让李素芝深受震动。而令他更为吃惊的是在一次近两万人口的病例普查和病源调查中，患先天性心脏病的人有60名——发病率是其他地区的二到三倍，而病因多源于胎儿缺氧引起的发育不良和先天缺陷。于是，他暗下决心，一定要攻克高原先天性心脏病的难题。

此后，李素芝开启长达20年的医疗攻坚。当时医院条件艰苦，既没有设备器材，也没有实验室，但这一切都没有让李素芝退却。办法总比困难多，他自筹经费购买必要的设备、器材，并申请到了一个旧仓库作为实验室。条件有限，李素芝只能抓来野狗进行实验，常被咬得遍体鳞伤。在进行了数百次的实验后，他积累了丰富的一手资料。

2000年11月10日，他成功实施了世界首例"海拔

3700米以上高原浅低温心脏不停跳心内直视手术"，打破了"海拔3500米以上不能进行心脏不停跳心内直视手术"的断言。2004年，他主刀的西藏第一例活体肾移植手术成功实施，标志着在高寒缺氧环境下人体器官移植手术迈上了一个新台阶。

李素芝对因为没钱而不敢到医院治病的农牧民实行了一系列的免费医疗政策。对此，李素芝算过："一年光免费医疗一项，我们自己就得承担上百万元。但这是人民军队的光荣传统，成千上万的钱买不了藏汉情、买不到军地情深。"

李素芝将自己的全部都献给了西藏医疗卫生事业，却也因此对父母、妻女怀有无限愧疚。母亲病危时，他因手术试验正进入攻坚阶段而未能见上最后一面。不久后父亲又重病卧床，想陪伴在侧以尽孝道的他，却被父亲催促道："国家的事比我重要，还是早点回去吧。"两个月后，父亲也病逝，工作繁忙的李素芝还是没能赶回家送父亲最后一程。已转业回到大连的妻子每次春节放假带着女儿来到拉萨时，李素芝不是在边防巡诊，就是在手术室中。30多年来，一家人仅过了一次团圆年。因为常年在西藏，李素芝与女儿在一起的时间总共不到半年。但女儿不仅理解父亲，还以父亲为榜样，进藏选择了同样的职业。

阅读启示

李素芝常说："医生护士要有一颗同情心和一双愿意工作的手，而且这一切要源于心灵深处的爱。"他深怀爱民之心，始终把为人民解除病痛作为自己义不容辞的神圣职责。从李素芝的身上，我们看到了一名高原军人全心全意为西藏各族群众服务、为基层官兵服务、为部队战斗力服务的无私奉献的情怀，看到了一名外科专家不畏艰险、与时俱进、勇于攀登医学高峰的顽强拼搏精神，看到了一名优秀共产党人为党和人民的事业尽职尽责、鞠躬尽瘁的高尚品德。

拓展延伸

行走高原，定期巡诊，悬壶济世。曾任西藏军区总医院院长的李素芝，带领团队先后施行了134项新技术，其中17项创世界医学奇迹、32项属国内首创、34项填补了高原医学空白。作为一名军医，他始终不忘救死扶伤的使命担当，以实际行动赢得了治病救人"好门巴"（藏语，医生之意）的赞誉。

王进喜：新中国石油战线的铁人

在今天，当听到我国石油产品已经做到全部自给的时候，当听到在我国辽阔的大地上接连发现新油田的时候，人们都会想起在那个艰难的年代开创大庆油田的"闯将"，那个为发展我国石油工业建立功勋的"铁人"——王进喜。

王进喜生于甘肃省玉门市赤金堡一个贫苦的农民家庭，40岁得子的王金堂心里非常高兴，按照当地的习俗，把孩子和包孩子用的筐放在秤上一称正好十斤，于是就给孩子取小名为"十斤娃"。在灾难深重的旧中国，王进喜受尽苦难，他沿街乞讨、当童工、被强迫出劳役，但心中仍充满了对自由生活的向往。正是这苦难的经历和恶劣的生存环境，造就了他刚毅坚忍、倔强不屈的性格。

1949年9月25日，玉门解放。第二年，王进喜通过考试，成为新中国第一代钻井工人。到1953年，他一直在老君庙钻探大队当钻工，他工作勤快、能吃苦，各种杂活抢着干。他说："党把我们当主人，主人不能像长工那样磨磨蹭蹭、被动地干活。"1956年，王进喜光荣加入中国共产党，入党不久，他担任了贝乌5队队长，带领队员在石油工业部组织的以"优质快速钻井"为中心的劳动竞赛中，提出了"月上千，年上万，祁连山上立标杆"的口号，创出了月进尺5009.3米的全国钻井最高纪录。两年后，贝乌5队被表彰为"钢铁钻井队"，王进喜被誉为"钻井闯将"。

1959年，王进喜作为石油战线的劳动模范到北京参加群英会。当他看到大街上的公共汽车都背着"煤气包"的时候，才知道国家缺油。王进喜后来说："北京汽车上的煤气包，把我压醒了，真真切切地感到国家的压力、民族的压力，呼地一下子都落到了自己肩上。"从此，这个"煤气包"成为他为国分忧、为民族争气的思想动力之源。

1960年，我国石油战线传来喜讯——发现大庆油田，一场规模空前的石油大会战随即展开。王进喜从玉门油田率领1205钻井队赶来，下了火车，他不问吃住，先问钻机到了没有、井位在哪里、这里的钻井纪录是多少。面对极端困难和恶劣的环境，王进喜和他的同事下定决心：有天大的困难也要高速度、高水平地拿下大油田！

钻机到了，没有吊车和拖拉机，汽车也不足，几十吨的设备怎么从车上卸下来？王进喜说："咱们一刻也不能等，就是人拉肩扛也要把钻机运到井场。有条件要上，没有条件创造条件也要上。"王进喜带领全队工人奋战三天三夜，用撬杠撬、滚杠滚、大绳拉的办法，"人拉肩扛"把钻机卸了下来，运到萨55井井场。仅用4天时间，他们就把40米高的井架竖立在了茫茫荒原上。

井架立起来后，没有打井用的水，王进喜就组织工人到附近的水泡子里破冰取水，硬是用脸盆、水桶，一盆盆、一桶桶地往井场端了50吨水。在重重困难面前，王进喜带领全队以"宁肯少活二十年，拼命也要拿下大油田"的顽强意志和冲天干劲，打出了大庆第一口喷油井！在随后的10个月里，王进喜率领1205钻井队和1202钻井队，在极端困苦的情况下，双双达到了年进尺10万米的奇迹。

1960年4月，1205钻井队准备往第二口井搬家时，王进喜的右腿被几百斤重的钻杆砸伤，但他仍坚持留在井场工作。由于地层压力太大，第二口井打到700米时发生了井喷。危急关头，王进喜不顾腿伤，扔掉拐杖，带头跳进水泥浆池，用身体搅拌水泥浆，最终制服了井喷。房东大娘心疼地说："王队长，你可真是铁人啊！""铁人"的名字就这样传开了。

阅读启示

王进喜身上体现出来的"铁人精神"，激励了一代代的石油工人。"铁人"王进喜不仅是中国工人阶级的先锋战士、共产党人的楷模，更是为国家分忧解难、为民族争光争气的顶天立地的民族英雄。他身上那股天不怕、地不怕的拼搏奉献精神，永远铭刻在人们心中。

拓展延伸

后来，王进喜从普通工人成长为领导干部，但他始终保持谦虚谨慎的作风，对工人及家属关怀备至，对自己和家人却严格要求。他干工作处处为国家利益着想，勤俭办企业，建立责任制，严把油田质量关。王进喜为发展祖国的石油事业日夜操劳，积劳成疾，于1970年因胃癌病逝，年仅47岁。

谷文昌：绿色丰碑

东山岛是闽南的一座美丽怡人的小岛屿，绿波环绕，层林尽染。当你踏上这座轻灵飘逸的小岛时，一定想象不到它曾经历过的风风雨雨。它过去、现在和未来的面貌，与一位优秀的共产党人血脉相连，他就是永远活在人民心中的县委书记——谷文昌。

谷文昌，原名程栓。1950年，他随解放军南下支队，解放了离台湾最近的闽南海岛东山，并担任中共东山县第一区工委书记。东山岛东南部原有3.5万多亩荒沙滩，狂风起时飞沙侵袭村庄、吞噬田园。沙滩上茫茫一片、寸草不生，有田无法种，种了无收成。家家粮囤空空，一年到头缺吃缺烧。许多人扶老携幼，拿着空篮破碗外出讨饭，乘船过海到陆上割草砍柴。全岛6万多人，外出当苦力、当乞丐的占十分之一。看着多灾多难的群众，谷文昌流下了泪水，整天吃不好饭、睡不好觉，做梦都在思考如何让人民过上好日子。他下定决心，要率领群众战胜风沙，根治旱涝，并发出誓言："不治服风沙，就让风沙把我埋掉！"

要治风沙，首先要找到适合沿海种植的树种。他带领干部在全国广泛咨询，找到了新树种木麻黄，开始了"旬旬造林"试验。种植时的气温、湿度、风向、风力，全被他详细记录在案。晴天种，雨天更种。终于，他摸清了规律，总结出了种植木麻黄的技术要点。他率领干部群众在百里海滩上摆开造林战场，多次组织群众筑堤拦沙、挑土压沙、植草固沙、种树防沙，在全县掀起轰轰烈烈又扎扎实实的全民造林运动。至1964年，他们共造林8.2万亩，400多座小山丘和3万多亩荒沙滩基本完成绿化，在141公里的海岸线筑起了"绿色长城"。沿海防护林的成功种植，竟然在自然条件最为恶劣的东山率先实现了。

那时的东山"三天无雨火烧埔"，经常发生旱情。

谷文昌发动群众挖塘打井、修筑水库、开发利用地下水资源，使东山的旱情得到了初步控制，缓解了吃水难的问题。他常年深入农村，挽起袖筒植树，卷起裤腿犁田，拿起钢钎打石头，手不闲、腿不闲、口不闲，千方百计帮助生产队发展生产，实现粮食亩产过千斤，群众称他为"谷满仓"。1970年，谷文昌被任命为隆陂水库建设总指挥，他和农民工一起吃住在工地。经过一年的奋战，水库建成，当地人民结束了缺水缺电的历史，至今人们仍对他念念不忘。谷文昌总爱说两句话："喊破嗓子，不如干出样子。""指挥不在第一线，等于空头指挥。"植树造林、治理风沙、修建水库，战天斗地的场景里，总能看到他瘦削的身影。

东山地处海防前线。国民党军队败退前夕，从海岛抓走4700多名青壮年去台湾当兵，他们的家属、姻亲遍及全岛。能不能为他们摘掉"敌伪家属"这顶帽子呢？谷文昌向县委提出建议："共产党人要敢于面对实际，对人民负责。"县委决定，把"敌伪家属"改为"兵灾家属"，对他们政治上不歧视，经济上平等相待，困难户予以救济，孤寡老人由乡村照顾。1953年7月，国民党部队万余人突袭东山，我军守岛部队人数不过千人，兵力悬殊。谷文昌组织群众全力支前，带领地方干部奔赴战场，配合人民解放军作战，为东山保卫战的迅速取胜立下功勋。东山群众特别是妇女肩挑手拎，车轮滚滚，为前线运水送粮。她们说："国民党抓走我们的亲人，共产党把我们当成亲人养，哪怕做鬼，我也愿为共产党守岛。"

谷文昌心里装着人民。大饥荒时，他到村里了解灾情。中午开饭，桌上只有番薯和几碗清澈见底的稀粥。队长不忍，偷偷蒸了碗米饭，但谷文昌当场谢绝："我是党的干部，就得和群众吃一样的饭、受一样的苦、干一样的活，群众才会信任我们。"他总是以满腔热忱对待群众，经常开展访贫问苦活动，为群众排忧解难。群众来反映问题，三更半夜他也不嫌。人们数不清谷文昌究竟接待了多少群众，帮助了多少有困难的人，但他资助贫困学生，为烈军属、五保户送温暖，为来访群众买车票，为农民工买红糖熬姜汤，关心水利技术员的婚事这些鲜活的事例，至今仍被人们传颂。

阅读启示

谷文昌说："只要对百姓有利的事，哪怕排除万难也要做到；凡是对党的威信有损害的事，哪怕再小也不能做。"他带领东山县人民苦干14年，终于把荒岛变成了宝岛，他用自己的言行赢得了老百姓的信任和敬仰。谷文昌为官一任，造福一方，他不畏艰苦、实事求是的品质，激励了一代又一代人。

拓展延伸

　　福建省漳州市东山县至今流传着老书记谷文昌的动人事迹，他的故事也多次被新华社、《人民日报》等刊发，并被拍成电视连续剧。他的家乡河南和他曾任职的福建，都建有他的纪念公园和纪念馆。每逢敬宗祭祖的节日，东山人民都会"先祭谷公，后祭祖宗"，以深切怀念这位造福东山的好书记。

焦裕禄：人民的好公仆

　　1922年8月16日，焦裕禄出生在一个贫苦家庭。1946年，他加入了中国共产党，1950年被任命为尉氏县大营区委副书记兼区长，1954年相继在哈尔滨工业大学、大连起重机厂机械加工车间进修，1962年被调到河南省兰考县担任县委书记，1964年5月14日因肝癌病逝于郑州，终年42岁。

　　焦裕禄是"党的好干部"，是"人民的好公仆"。1962年，在极为困难的情况下，他来到兰考担任县委书记，面对内涝、风沙、盐碱"三害"，他总是身体力行，无论工作多忙，都坚持参加集体生产劳动，始终保持劳动人民的本色。他经常卷起裤腿和群众一起干活，群众身上有多少泥，他身上就有多少泥。他和群众一起翻地、封沙丘、种泡桐、挖河渠……就在县委决定让他住院治疗的前几天，他还挥舞铁锹，在红庙公社葡萄架大队和群众一起劳动。他经常要求下乡的干部一要带毛主席著作，二要带劳动工具和行李。

焦裕禄始终保持艰苦朴素的作风。他长期有病，家里人口又多，生活比较困难，当时他是欠着137元外债来到兰考的。夏天，他连一床凉席都舍不得买，只买4毛钱一条的蒲席铺着睡。即便如此节省，他的生活依旧很拮据。一开始，组织考虑到他家人口多，将他列入了福利救济名单，但他说自己家不在灾区，一分钱也不能要；组织上分的3斤棉花票，焦裕禄以生活上还说得过去，不能搞特殊化为由，要求妻子退回。

因为工作繁忙，加之患有肝病，他经常面色蜡黄、疲惫不堪，这让妻子非常心疼。有一次，妻子给他做了一碗浓稠的大米稀饭，并加了些红糖。在那个年代，这是难得的美食。孩子们都直勾勾地望着，焦裕禄把他们叫到跟前，一人喂了一大口。他自己刚要吃，突然想起来什么，问道："这大米和红糖是哪来的？"

妻子实话实说："是县委考虑你的身体不好，特地照顾，让我找商业局批条子买的。"

焦裕禄非常严肃地对妻子说："我们是从旧社会过来的，什么苦没吃过？以后咱们不能吃了，把剩下的大米送给县里新分配来的两个南方大学生。"

不搞特殊化是焦裕禄家风的底线，只要触及了这个底线，再小的事他也不会放过。有一次，儿子焦国庆没钱买票看戏，急得在戏园子门口转来转去。检票员知道他是县委书记的儿子后，放他进去看了一场戏。焦裕禄知道后，大为生气，狠狠训了他一顿，说："你不买票看戏，如果大家都像你这样，岂不乱了套？"他还把一家人都叫到跟前，告诉他们要引以为戒。第二天，焦裕禄命令儿子把票钱如数还给戏院。接着，他又建议县委起草了一个通知，不准任何干部搞特殊化，不准任何干部和他们的子弟"看白戏"。

大女儿焦守凤初中毕业后，本可以到县委办公室当打字员，但焦裕禄却以县里定下"干部子女不能去好单位"的规矩为由，坚决不同意。他说："我的女儿刚出校门就进机关，别人的孩子也行吗？"他建议女儿到酱菜厂工作，女儿不同意，甚至哭闹过，但焦裕禄只认一个死理："别人能干，你为什么不能干？"他不想让女儿年纪轻轻就沾染上厌恶劳动的不良思想。就这样，女儿的思想工作终于做通了，他亲自去送女儿报到，并嘱咐厂领导："不能因为是县委书记的女儿，就给她安排轻便活，要和其他进厂的工人一样对待。"焦守凤上班后，常常一天要切一千多斤萝卜，要是遇上切辣椒的苦差事，双手就会火辣辣地疼，晚上疼得难以入睡，她只能把手放在冷水中才稍有缓解。焦守凤向父亲诉苦，焦裕禄教育她说："县委书记的女儿，应该热爱劳动，带头吃苦，不应该带头搞特殊化啊！"

焦裕禄去世后，妻子徐俊雅始终坚守丈夫的遗训，将6个孩子抚养长大，鼓励他们自食其力，在普通的工作岗位上踏实工作。

阅读启示

焦裕禄只在兰考工作了一年多，但兰考人世代念着他的好。他的故事口口相传，如同那满坡满地的泡桐，深深扎根在人民心里。岁月流逝，精神永恒。焦裕禄，这个永不褪色的名字，在新时代依然直抵人心、催人奋进。他亲民爱民、艰苦奋斗、科学求实、迎难而上、无私奉献的精神，被后人称为"焦裕禄精神"。

拓展延伸

2009年9月10日，在中央宣传部、中央组织部等11个部门联合组织的评选活动中，焦裕禄被评为"100位新中国成立以来感动中国人物"。2019年9月25日，焦裕禄获"最美奋斗者"个人称号。

吴仁宝：社会主义新农村建设的模范带头人

在江苏省江阴市华士镇，有一个享誉全国、世界知名的村庄。这个村庄创造了一个个惊人的奇迹，成为共同富裕的典范和中国农村改革的样本，被誉为"天下第一村"。这里就是中国首富村——华西村。而这一切的成就，按华西人的话说，都是老书记吴仁宝带领大家取得的。

1961年，吴仁宝上任华西大队党支部书记时，人们刚从"三年困难时期"的阴影中脱离开。那时的华西村有600多人，但每人平均只有不到半亩地，沟壑土坡等将耕地分割成大大小小的1300多块，难以整合，更难以耕种。庄稼不是旱死就是涝死，全村老少靠天吃饭，从不敢奢望填饱肚子。经过一番精心调研，吴仁宝制订了规划，大胆放言"十五年内让华西村翻个身"。他对大伙承诺，要让他们吃得饱、过得好。那段日子里，吴仁宝起得最早，睡得最晚，每天浑身污泥地累倒在床上。他牵着牛、扛着犁，领着大伙平土地、修水利，愣是刨出小山一般的土方量，填平坑坑洼洼的田地。他们还把12个分布四处的自然村归拢到一块，将原有的村居改造成成片的良田。就这样，华西村的粮食产量逐年提高，人们不仅上缴了公粮，自家也能留足余粮。乡亲们掐指一算，当初制订的15年规划，不经意间被提前7年实现。华西人感慨地说，这是头一回吃上了饱饭！

自打全村吃上了饱饭，吴仁宝心里又有了新的盘算。1969年，他抽调了20个青壮年劳动力，在村里偷偷办起了五金厂。当时，全国上下都在"割资本主义尾巴"，为了保密，吴仁宝在工厂周围筑墙围布，搞得像"地下工厂"。工厂白天关门熄声，有领导和外人来参观检查也注意不到；人走后，村民们又返回来加班加点……10年干下来，小五金厂大赚200多万元，村民们悄无声息地成了"暴发户"。1972年，全体村民搬进了新盖的大瓦房，家家有存款，生活水平直线上升。

1978年，中国开始实行改革开放。在吴仁宝的劝说下，全村人每人出资2000元盖起了塑料纺织厂。从这以后，华西村全村进入"村民股份制"，一切收益由村民分红。1980年，华西村生产总值首次破亿元，成了江苏省第一个"亿元村"。1983年1月，华西药械厂诞生，由于市场时机抓得准，到1984年，华西药械厂就赚了200多万元。赚来的钱积累起来扩大再生产，华西的塑纺厂、板网厂、织布厂接连拔地而起。在这样的良性循环下，华西村陆续兴办以金属纺织为主的大大小小40多个厂。

1992年，邓小平同志在南方谈话中指出："改革开放胆子要大一些。"吴仁宝瞅准机会，把建杨浦大桥拆迁后的上钢五厂线材车间拉进了华西村，陆续建起了华西钢铁、华西北钢、华西高速线材厂，揭开了华西钢铁时代的序幕。其中，"华西法兰"成为亚洲最大的法兰钢生产基地，"华西扁钢"则是中国唯一通过CE认证（欧洲市场的强制性产品合规性认证）进入欧洲的产品。华西纺织业也风生水起，毛纺厂、棉纺厂、织布厂、服装厂等全产业链贯通。其中，"华西村"西服曾被评为"十佳品牌"，"华西村"商标被认定为"国家驰名商标"。

华西村成名后，来村里取经交流的各行业各单位人员不断增加，吴仁宝又带领村里仿建了大大小小的世界各国著名建筑，与旅游业完美结合。1994年，以旅游业、服务业、金属制造业为主的华西集团正式成立。1999年7月，华西村股票在深圳证券交易所挂牌上市，开创了"村庄上市"的先例。2003年，华西村成为国内首家"超百亿村"。

吴仁宝从不把这些成绩看作自己的个人成绩，他认为这是全村人一起努力的结果，而自己，不过是刚好领了个队。

阅读启示

吴仁宝说："一个人要有信仰。我就信仰共产党，信仰马克思主义。我一直没有动摇信仰，如果说我动摇了，也可能就没有今天的华西。我最满意、最看重的是先进共产党员的这个奖励。不管到哪个地方，你要有信仰，要让当地老百姓富起来，这样你就能够成功，就能够发展，老百姓就拥护。"不忘初心，方得始终。中国共产党人的初心和使命，是为中国人民谋幸福，为中华民族谋复兴。吴仁宝的一生，是不忘初心、坚守信仰、牢记使命、奋勇前进的一生。

拓展延伸

　　"让老百姓过上好日子，是我最大的幸福！"吴仁宝率领华西村民"70年代造田、80年代造厂、90年代造城、新世纪腾飞"，实现了从农业样板村到农村工业化、农村城镇化再到农村现代化的一次次跨越，把一个贫穷落后的小村庄建设成为享誉海内外的"天下第一村"。

申纪兰：太行山上的松柏

　　在山西省平顺县西沟村有这样一个人，她曾受到毛泽东、周恩来的接见，和邓小平合过影，赴苏联见过斯大林；她还作为新中国的妇女代表，到丹麦哥本哈根参加过世界妇女大会……伴随着西沟村的变迁，这个人的名字从太行山深处传遍中国大地。她，就是申纪兰。

　　1946年，17岁的申纪兰嫁到了位于太行山革命老区的一个不起眼的小山村——西沟村。这个地方自然条件艰苦，非常贫困落后。为了发展生产，劳模李顺达联合几个互助组成立了合作社。随着生产规模的扩大，光靠男劳力已完不成生产计划，李顺达便提出让22岁的申纪兰担任副社长，发动妇女一同参加劳动。然而，由于深受封建思想的束缚，当时村里的妇女们还保留着封建社会妇女的基本特色——围着"三台"（碾台、炕台、锅台）转，很少能够走向社会参加劳动。四处走访后，申纪兰终于动员了村里22名妇女参加集体生产劳动。然而，妇女参加劳动后遇到的第一个问题就是男女同工不同酬——干同样的活，女同志的工分低。不服气的申纪兰在合作社组织开展了男女劳动比赛，她提出"男女干一样的活，赚一样的工分"。

1953年1月25日，《人民日报》发表长篇通讯《"劳动就是解放，斗争才有地位"——李顺达农林畜牧生产合作社妇女争取同工同酬的经过》，报道了西沟村妇女争取男女同工同酬的事迹。这篇报道在全国引起了强烈反响，男女同工同酬因此得到广泛关注，受到了党中央的高度重视。

1953年，申纪兰参加了中国妇女第二次全国代表大会，当选全国妇联第二届执委会委员，后又作为中国妇女代表团成员，赴丹麦参加了争取妇女权利及世界和平的世界妇女大会。由于男女同工同酬的巨大影响，1954年，年仅25岁的申纪兰作为首倡者当选第一届全国人民代表大会代表。她提出"男女同工同酬"的倡议，被写进了中华人民共和国的第一部宪法，西沟村也因最早实现同工同酬被载入史册。作为一名普通的农村妇女，当时的她并没有意识到自己将给中国妇女和中国社会带来怎样的影响。

改革开放以来，针对西沟村家庭联产承包责任制暴露出的问题，申纪兰大胆进行改革。在学习了全国各地的先进经验后，她主张兴企办厂，全面发展农、林、牧、副生产。她带领西沟村人不断探索山区发展道路，为革命老区发展竭诚奉献。

一头短发、一双布鞋，蓝色西装、青色裤子，申纪兰几十年如一日，一直保持着这种在农村最常见的打扮。1973年，申纪兰被调任山西省妇联主任。正厅级干部身份的她，始终坚持不领工资，不转户口，不定级别，不坐专车，不要住房，不脱离农村。不论职位如何变化，她始终保持不脱离群众、不脱离劳动的传统，坚持住在西沟，坚持参加劳动。在她的带动和影响下，平顺县先后涌现出了一百多位省部级劳模。申纪兰用一生履行了"人民选我当代表，我当代表为人民"的庄严承诺，在她看来，自己只是一个普普通通的农村妇女，农村是家，土地是根，一辈子都离不开。

阅读启示

申纪兰的一生中有很多荣誉和身份，但她最大的底色，是农民。申纪兰说："我是一个农民，还是一位共产党员，对基层情况也比较熟悉，跟群众战斗在一起，生活在一起，哪里有困难就应该到哪里去。"申纪兰的议案、建议一直聚焦农村、农民，长长的建议和议案背后，写满了为民说话的牵挂与情怀。她的贡献会被永远铭记，她的精神永不落幕，她的故事将永远流传。

拓展延伸

从25岁第一次当选人大代表，申纪兰以一名普通农村妇女的身份，成为中国唯一一个连任十三届的全国人大代表。她在2019年被授予"共和国勋章"，曾获评"100位新中国成立以来感动中国人物"，荣获"改革先锋""最美奋斗者""初心不改的农村的先进模范代表"称号。作为"永远的人民代表"，她永远代表着人民。

史来贺：农民致富的领头人

　　这是一个20世纪50年代就响遍全国的名字：全国民兵英雄、全国植棉能手、全国特级劳动模范……他是群众心目中享有崇高威望的共产党员的优秀代表，曾经九次受到毛泽东主席的接见。

　　这是一面高高飘扬的旗帜：半个世纪以来，中国大地经历了多少风风雨雨，他领导的村庄始终高举着社会主义旗帜，走在全国农业战线的前列。

　　他，就是史来贺。

史来贺，1930年出生于河南省新乡市七里营镇刘庄村，17岁就参加民兵组织，随后加入中国共青团。1952年12月，他当选刘庄村党支部书记。从任村支书的那天起，他就立下誓言："跟党走，拔掉穷根，让老百姓过上好日子！"从1953年开始，史来贺带领刘庄人车推、肩挑、人抬，起岗填沟，拉沙盖碱，用了整整20年，把刘庄周围750多块凹凸不平的"盐碱洼""蛤蟆窝"改造成现代化农业园区。他潜心研究棉花种植经验，使皮棉平均亩产量达到当时全国平均产量的三倍，刘庄也因此一跃成为全国的先进典型。

1964年，史来贺从新乡买回来三头小奶牛，后来又派人到新疆买回二十七匹母马。经过精心饲养，三年后，牛犊子变成了一群牛，小马驹变成了大马群！后来，小畜牧场发展成为拥有上千头牲畜的大畜牧场，成为刘庄发展商品经济的突破口。

1974年，村里拖拉机上的喇叭坏了，到处都买不到新的。两名司机试着把坏喇叭拆下来修理，居然修好了。这下可乐坏了史来贺："咱能修喇叭，为什么不能造喇叭？"在一无资金、二无技术的情况下，史来贺同大家一起搞试验，一次不行两次，两次不行三次，小喇叭最后终于试制成功。开始时他们一天只能生产一对，后来增加到五对、五十对、一百对……刘庄机械厂的小喇叭响遍大江南北，机械厂也迅速发展成为拥有几十台机床的大厂。接着，史来贺带领刘庄人又陆续建起了食品厂、造纸厂、淀粉厂等，不仅有效转移了剩余劳动力，还为集体积累了大量的财富。

党的十一届三中全会以后，史来贺带领群众向高科技生物工程领域进军，建起一座全国最大的生产肌苷的制药厂——华星药厂。项目伊始，有人担心："这高、精、尖项目，咱'泥腿子'能搞成？"史来贺说："事在人为，路在人走，业在人创。人家能干成的东西，咱们为什么干不成？"1986年5月20日，由刘庄人自己设计、安装的华星药厂正式投产。从这起，刘庄人创业的步伐迈得更快、更大了：1990年，筹资7000万元建设华星药厂第二分厂；1993年，建成青霉素钾、青霉素钠生产线；1995年，开始生产红霉素；1998年，氨苄青霉素投入生产；1999年，技术含量更高的生物发酵分厂破土动工……

华星药厂正式投产不久，就发生了这样一件事：因为清理发酵罐的工人干完活后忘了插上皮管，下一班工人向罐内输入的培养基被排入了地沟，等于半小时流走了1000元钱。按常规，出现这样的情况，对违反操作规程的工人进行批评、处分，使大家引以为戒也就罢了，但史来贺却想得更深更远：提高刘庄人的科学文化素质，比建设10个华星药厂更为重要。史来贺对干部们说："农村现代化需要农民知识化，没有农民的知识化，农村现代化的基础不牢靠。"为全面提高刘庄人的素质，刘庄斥巨资建起了高标准的学校，使村里的孩子不出村就可以接受从幼儿园到高中的系统教育。在选拔有培养前途的优秀青年到高等院校、科研单位进修的同时，刘庄又邀请大专院校到村里办班。村里建起了科技大楼、卫星地面接收站和电视差转台，开办了图书馆、阅览室和青年民兵之家，每年订阅500多份科技报刊，为村民学习科学文化知识创造条件。

几十年来，史来贺带领刘庄的干部群众，把当年的"最穷村""逃荒村"建成远近闻名的"中原首富村"。他始终牢记党的宗旨，忠实履行共产党人的职责，时刻把群众的冷暖挂在心上；权为民所用，情为民所系，利为民所谋，在人民群众心中树起了一座巍峨的丰碑。

阅读启示

刘庄的一草一木、一砖一石，都凝聚着史来贺的心血和汗水。他说："我一生就干了两件事，把群众带到富路上，把群众带到正路上。"几十年来，他不论顺风逆水，不论激流险滩，始终坚守共产党人的理想信念，时刻践行党的宗旨，谱写了一曲可歌可泣的史诗。

拓展延伸

史来贺曾对村干部们说："穷得叮当响，经济上不能帮助群众，再讲道理也是空的。经济搞上去，说起话来，办起事来，腰板才硬，群众才会跟你走。"这位农民的儿子，把毕生的心血都倾注在他一生挚爱的土地上，用50多年的时间践行他入党时的誓言。他用一言一行，在中国的大地上树立了一面平凡而又鲜艳的旗帜。

樊锦诗：敦煌的女儿

被誉为"敦煌的女儿"的樊锦诗，1938年生于北京，父母都是高级知识分子，家境非常优越。在父亲的影响下，樊锦诗自小便对博物馆、美术馆情有独钟。她与敦煌、考古的缘分始于中学时期的一篇课文，这篇介绍莫高窟的课文深深地打动了她，让她对敦煌、考古产生了浓厚兴趣。

1958年，20岁的樊锦诗考入北京大学考古专业。四年后，经学校安排，她和三名同学到敦煌文物研究所实习。就这样，她来到了从年少时就十分向往的地方——莫高窟。

虽然之前对它已经有了一定的了解，但当敦煌艺术真实呈现在眼前时，樊锦诗和同学们还是被这朵大漠中盛开出的绚烂无比的花深深震撼了。规模宏伟的石窟群见证了历史长河的浩荡前行，精美绝伦的壁画、神态各异的彩塑让他们酣醉忘我、沉醉其中。然而，实习生活条件和莫高窟的艺术水准却形成了鲜明对比。在敦煌实习时，他们住的是土房泥屋，没水没电，没有卫生设施，吃不到蔬菜，听不到收音机……因为水土不服，樊锦诗提前结束了实习。

1963年，樊锦诗以优异的成绩毕业。毕业时，敦煌研究所向学校要人，樊锦诗成为学校分给研究所的两名同学之一。父亲得知后，从上海写信向学校"求情"，樊锦诗却把信扣下，没有转交。"自己已经向学校表态，会服从毕业分配，到国家最需要的地方去。这时怎能反悔？"当爱国的决心有了得以实现的途径，就好像战士拥有了铠甲，正是这铠甲和青春热血，让樊锦诗在这条路上坚持走下去。

从此，樊锦诗远离家乡亲人，与恋人两地分离，扎根在苍茫的大西北。1986年，樊锦诗和爱人彭金章终于在黄沙漫天的敦煌团聚，这距离他们毕业时3年后在武汉团聚的约定，已过去了23年。彼时的彭金章，已是武汉大学历史系副主任，为了支持妻子的事业，成全妻子的梦想，彭金章决定陪妻子扎根敦煌。

在樊锦诗的努力下，经过20多年的治沙工程建设，袭击莫高窟千年的黄沙，已远远地停在了摩根山之后。但防沙只是缓解了对壁画的病害影响，治标不治本。当时，已有一半以上的摩根壁画和彩塑出现了空鼓、变色、脱落等病害。为保护石窟，樊锦诗在全国旅游景点中率先实行限流，外界争议纷纭而至，惹得游客也怨声载道。然而，外界的声音并没有阻止和扰乱樊锦诗保护文物的步伐和决心，她开始思考如何用更现代化的方式向游客展示莫高窟。"壁画这个文物不可再生，也不能永生。"这促使樊锦诗考虑使用"数字化"的方式永久地保存敦煌的信息。

功夫不负有心人。经过数年的探索与坚持，如今游客再去敦煌，在数展中心看到的4K高清宽银幕主题电影《千年莫高》和实景球幕电影《梦幻佛宫》，就是数字敦煌面向公众的最好展示。采用模拟电影与实地参观相结合的观光方式，不仅可以减少游客的参观时间，游客获取的信息量还会大大增加，一举两得。

在敦煌期间，樊锦诗完成了敦煌莫高窟的分期断代，建设了数字敦煌档案，实现了敦煌石窟文物数字化永久保存和永续利用。在她的推动之下，《甘肃敦煌莫高窟保护条例》于2003年颁布实施，敦煌研究院还联合国内外三个机构编制了《敦煌莫高窟保护总体规划》。

可以说，她为敦煌的保护、研究、弘扬事业奉献了一生的心血和精力。

扎根大漠数十年，樊锦诗用平凡成就着不凡。因为热爱敦煌，因为热爱祖国和祖国文化，所以付出的一切都是值得的。80多岁的樊锦诗依然用信仰守护着敦煌，生生不息……

阅读启示

择一事，终一生。樊锦诗扎根大漠、无怨无悔，甘于奉献、开拓进取，这是属于莫高窟人独有的精神特质，这就是"莫高精神"。

拓展延伸

曾有人问樊锦诗："人生的幸福在哪里？"樊锦诗回答道："我觉得就在人的本性要求他所做的事情里。真正的幸福，就是在心灵的召唤下，成为真正意义上的自我。从大漠中的无人区到世界瞩目的研究院，几代莫高窟人为保护、研究和弘扬敦煌石窟文化艺术付出了青春和毕生的精力。对我来说，来到这个世界上，该做的事做了、该出的力出了，没有愧对祖先和前辈交给自己的事业，这就是最大的幸福。"

张海迪：轮椅上的追梦人

　　命运并不总是公平的，在别的孩子无忧无虑玩耍的年纪，5岁的张海迪却被确诊患有脊髓血管瘤。从此，年幼的她失去了用双腿丈量世界的权利，只能以轮椅作为代步的工具。然而命运弄人，在一次手术后，她的胸部以下失去了知觉，坐轮椅对她来说都成了奢望，只能静静地躺在床上。医生说这种高位截瘫病人活不过27岁，张海迪却不甘心在有限的生命中碌碌无为。

　　她想要上学，却被学校拒收，于是她让母亲帮她在床边支起一面镜子，利用镜子的反射躺在床上看书。凭着坚定的意志，她自学完成了中小学的所有课程。15岁时，她跟随父母到农村生活。小学学校没有音乐教师，她就主动到学校教唱歌。她还自学针灸医术，先后读完了《针灸学》《人体解剖学》《内科学》《实用儿科学》等医学书籍。学针灸时，为了加深体验，她以身试针，在自己身上反复练习扎针，短短几年便成了当地的"名医"，并为乡亲们无偿治疗。有一位瘫痪多年、不能说话的大爷，一直没有被治好。张海迪一面在精神上鼓励他，一面翻阅大量书籍，为其精心治疗。后来，大爷竟然能说话也能走路了。

紧接着，张海迪又开始自学英语，她给自己立下了一个规矩：每天背熟10个英语单词，如果完不成任务，就狠狠咬几下自己的手指。有一次她从医院做检查回来，已经累得眼皮都抬不起来了，但是她依旧没忘记这个任务，强打精神背完了10个单词。就这样，张海迪以惊人的毅力自学了四国语言。

1983年，她翻译了一部小说——《海边诊所》，开始了文学创作。就算得了大面积的褥疮，骨头都露出来了，她还依然坚持写作。她顽强地克服病痛，先后翻译、出版了多部小说、散文。从这年开始，张海迪创作和翻译的作品已超过百万字。

1983年2月，《中国青年报》发表文章《是颗流星，就要把光留给人间》，宣传张海迪怀着"活着就要做个对社会有益的人"的信念，以保尔为榜样，勇于把自己的光和热献给人民的故事。张海迪被誉为"八十年代新雷锋"和"当代保尔"。1983年5月，中共中央发出《向张海迪同志学习的决定》，党和国家领导人邓小平、叶剑英、李先念等八位老一辈无产阶级革命家先后为张海迪题词，表彰她积极进取、无私奉献的精神。

36岁的张海迪在做过癌症手术后，继续以顽强的意志与命运抗争。她并不满足于此，开始学习哲学专业研究生课程，并且经过不懈努力写出了论文《文化哲学视野里的残疾人问题》。38岁这年，她通过了研究生课程考试和论文答辩，被授予硕士学位，从吉林大学哲学系顺利毕业。

张海迪喜欢写小说、画油画、唱歌……活得有滋有味。张海迪曾说过："生命很痛，但痛我也要活着，我要活得好好的，我还要活出生命的诗意。"

阅读启示

张海迪曾说："我不能碌碌无为地活着，活着就要学习，就要多为群众做些事情。既然是颗流星，就要把光留给人们，把一切奉献给人民。"张海迪精神是改革开放之初指引一代青年人坚定理想信念、实现人生价值的"雾海里的航标灯"，为迷茫的人们指明了为人民服务的前进方向。张海迪精神至今仍然是指导我们树立正确世界观、人生观、价值观的指南，仍然需要发扬光大。

拓展延伸

张海迪先后翻译了数十万字的英语小说，出版了长篇小说、散文集等多部作品。她5岁高位截瘫，却将自己活成了传奇。在残酷的命运挑战面前，她没有沮丧和沉沦，而是以顽强的毅力和恒心与疾病做斗争。她虽经受了严峻的考验，却始终对人生充满信心，成为几代人的道德榜样。

张桂梅：大山里的"擎灯者"

　　1996年，一场家庭变故，让张桂梅从大理来到丽江山区。原本只想忘却爱人过世悲伤的她，却看到了山区贫困孩子一张张渴望知识的纯真面庞。爱的本能让这位女教师在山区扎下了根。

　　在1983年调到子弟学校当中学教师后，张桂梅就深深地爱上了"释道、解惑"这一神圣的工作。但在教学实践中，她发现自己与当好一名称职教师之间还有很大的距离。1988年，她以优异的成绩考入了丽江教育学院

（今丽江师范高等专科学校）中文系。在这里，她收获了知识，也收获了爱情。1990年，她与一位英俊的白族小伙子喜结良缘，开启了美满的婚后生活。

可是，万万没有想到，丈夫患上了癌症，幸福属于张桂梅的时间是那么短暂！在这段日子里，张桂梅尝尽了求医的艰辛，领会了没钱的困难，也深深懂得了一个人在困难的时候，是多么希望别人能伸出援助之手！但她终究还是没能留住丈夫，1996年，她的丈夫去世了。那段时间，张桂梅常常触景生情、睹物思人，她精神恍惚，几乎崩溃。为了解脱，她做出了离开喜洲的决定，选择去无亲无故、边远偏僻的华坪践行自己的诺言："只要还有一口气，就要站在讲台上！"

张桂梅来到了华坪县中心学校，用忘我的工作努力冲淡心中的痛苦。她的行动感动了乡亲们，她的敬业风范成了学生们学习、成长的光辉榜样和强劲动力。

1997年4月，张桂梅被查出患有子宫肌瘤，腹腔迅速膨胀，疼痛难忍。她一边吃止痛药，一边把工作量加到了最大限度，默默忍受着身体和心灵的双重煎熬。直到7月份把学生送进中考考场后，张桂梅才向领导说明情况，住进了昆明的一家医院进行手术治疗。

手术后，医生要求她至少休养半年，可是手术后的第24天，她就回到学校上班了。由于手术失血过多，伤口没有完全愈合，巨大的疼痛折磨着她，可她仍然坚持站在讲台上。

由于过度劳累，不久，张桂梅的病情复发，领导、同事、学生多次劝她住院治疗，她不肯："我的事业是教书，我的希望是学生，不把他们送出学校我是不会先走的。"领导、同事们劝说道："我们需要你活着，华坪人民需要你活着，请你服从安排吧。"冲着这份真情，她才进了华坪县中医院。这时，她仍然一边治疗，一边坚持工作，每天都是一拔下针头就走向讲台，从没有在医院安稳地躺过一天。当医生告诉她医院无法控制她的病情，需要转院治疗时，为了即将毕业的学生，她再次拒绝了。在调到华坪工作的两年多时间里，虽然她一直带着重病，一直承受着痛苦，可她从没有请过一天病事假。

人们常不解地问她："这样做有什么目的？有什么好处？什么力量使你这样坚强？"张桂梅总是笑着说："如果我有追求，那就是我的事业；如果我有企盼，那就是我的学生；如果我有动力，那就是党和人民。"

如此热爱教育事业的张桂梅也取得了一连串骄人的成绩：1997年中考，她接手仅一年的政治学科获全县二等奖，其中一个班名列全县第二名；10月，她被学校评为教学质量一等奖；12月，全县初三语文竞赛，她的一名学生获一等奖。1997年秋季学期，在各级各类竞赛中，她的学生获奖率居全县第一。张桂梅用她的实际行动和取得的佳绩，明确回答了华坪教育的出路问题：春种一粒粟，秋收万颗子。在她的努力下，人们看到了华坪教育振兴的希望，看到了华坪教育崛起的曙光。

2008年，张桂梅建立了华坪女子高级中学。这是中国唯一一所免费女高，专门供贫困家庭的女孩读书。学校建校十几年来，已有几千名大山里的女孩从这里走进大学完成学业，在各行各业贡献力量。

阅读启示

"春蚕到死丝方尽，蜡炬成灰泪始干。"用这句话来形容张桂梅再合适不过了。张桂梅把自己的一生都奉献给了大山里的教育事业，用生命为山区女孩开辟出走出大山的通道。从她蹒跚的步伐、花白的头发和深深的皱纹中，我们读到的是无私奉献与坚毅不屈。这位大山里的"擎灯者"，燃烧的是生命，照亮的也是生命。

拓展延伸

2021年2月17日，张桂梅被评为"感动中国2020年度人物"，颁奖词如下："烂漫的山花中，我们发现你。自然击你以风雪，你报之以歌唱。命运置你于危崖，你馈人间以芬芳。不惧碾作尘，无意苦争春，以怒放的生命，向世界表达倔强。你是崖畔的桂，雪中的梅。"

任长霞：守护一方平安的"女神警"

　　警察是一个英雄的职业，他们是金色的盾牌，勇敢地与邪恶做斗争，捍卫着世间的正义与光明。任长霞被称为"女神警"，她用短暂的一生演绎了人民警察恪尽职守、全心为民的光辉形象。

　　任长霞1964年生于郑州市的一个工人家庭，从小她就带有男孩子气，爱跑爱闹，喜欢舞刀弄枪，性格风风火火，像一个"假小子"。不仅如此，她还有一个很多男孩小时候都有的梦想，那就是长大后成为一名警察，消灭这世间的坏人。为此，她努力学习，并于1980年以优异的成绩考进河南省人民警察学校。

"静若处子，动若脱兔"，这句话放在任长霞身上再贴切不过。从一个"假小子"到奋发学习的好学生，任长霞身上有股勇敢的冲劲。她对自己要求极为严格，的确是当警察的好苗子。毕业后，她进入郑州市公安局中原分局，迈出了实现梦想的第一步。

在郑州市公安局中原分局，任长霞一干就是九年。她脚踏实地，不断磨砺自我，渐渐褪去了青涩的面孔，锻造了出色的能力，越发干练和稳重。"不鸣则已，一鸣惊人"，任长霞同样出色地诠释了这句话。十年磨一剑的她，在1992年郑州市公安系统、政法系统定期举行的大比武中，以过硬的实力过关斩将，击败了大量男选手，惊艳四座，抱走两项冠军。

她带领警员抓捕罪犯，甚至多次乔装打扮，冒险深入匪穴，抓获犯罪嫌疑人，拼尽全力为人民保驾护航。不分昼夜的勤奋训练化成了一枚枚耀眼的勋章，"任长霞"这个名字在郑州警界响亮了起来。

2001年，因工作出色，37岁的任长霞被任命为登封市公安局局长。她上任之后，要求干警们早晨晨练，不少民警都觉得她坚持不了多久，结果她每天早晨都提前到训练场，亲自带头训练，她的以身作则让每名民警都深深折服。每个周六，她都会向群众开放自己的办公室，听取百姓的声音，为群众解决难题，被登封的老百姓亲切地称为"女包公"。

以王松为首的犯罪团伙长期为非作歹，可谓是当地一害。当王松提着一箱子钱，敲开任长霞的办公室大门，开门见山地请她给予通融时，任长霞冷笑一声，随即亮出了一副手铐，埋伏在周围的警员一拥而上，将王松逮了个正着，人赃俱获。任长霞勇猛严明的巾帼气魄，让百姓赞不绝口。王松团伙被绳之以法的喜讯传开，登封百姓欢呼雀跃，自发组织起来唱了三天大戏。在之后的各类案件调查中，任长霞总是亲自到场。短短几年的时间，她就破获了几百起案件，成为当地著名的"女神警"。面对荣誉和赞美，任长霞始终不忘初心，坚持为老百姓办实事。她总是冲锋在前，保卫人民的信念坚不可摧。

2004年4月，悲伤在河南嵩山、颍水间弥漫。4月14日晚8点40分，正在侦破"1·30"案件的任长霞在由郑州返回登封的途中发生车祸，年仅40岁的她永远告别了挚爱的亲人和百姓。消息传开后，短短三天内，只有63万人口的登封市先后有30万群众徘徊在任长霞的灵柩前，只为最后再看她一眼。4月17日是任长霞追悼会召开的日子，这一天，登封市的少林大道上，自发为任长霞送行的老百姓挤满了十里长街。任长霞把生命最壮丽的时光留在了嵩岳大地，用自己的一腔热血捍卫了一方平安，用信念、人格和情操实践了"立党为公，执政为民"的根本要求，展现了一名共产党员的崇高精神境界，谱写了人民警察忠于党、忠于人民、忠于法律的壮烈诗篇。

阅读启示

面对黑恶势力，她拍案而起；面对平民百姓，她柔情似水。任长霞在自己的岗位上保佑着人民的安康，用生命和热血为我们树立了"权为民所用、情为民所系、利为民所谋"的光辉典范。

拓展延伸

2004年4月17日，在举行任长霞遗体告别仪式的那天，登封十里长街挽幛如云，人如潮涌，气氛悲壮，哀声一片。送灵的车队缓缓前行，人们眼含热泪，紧随着灵车，送过一程又一程。在任长霞因公殉职以来的日子里，人们以各种方式悼念她，缅怀她的事迹，寄托心中的无限哀思。2009年9月10日，任长霞被评为"100位新中国成立以来感动中国人物"；2018年12月18日，她被评为"改革开放40周年政法系统新闻影响力人物"。

刘传健：英雄机长

2018年5月14日，四川航空3U8633航班机组执行航班任务时，在万米高空突遇驾驶舱风挡玻璃爆裂脱落、座舱释压的极端罕见险情。生死关头，英雄机长刘传健凭着"一定要把飞机平安飞回去"的顽强意志和高超的飞行技术，驾驶客机返航并平稳着陆，确保了机上全部人员的生命安全，避免了一场重大空难的发生。

从危险发生到飞机最后安全落地，前后只有34分钟。但这半个多小时对于刘传健来说，是一生中最为漫长、艰辛的时刻，足以令他永生难忘。

这天，刘传健和往常一样前往机场执飞。飞机从重庆江北机场起飞，至西藏拉萨贡嘎机场降落，这条航线他们已经飞了上百次。起飞42分钟后，飞机已飞临四川雅安上空，即将进入青藏高原东部边缘。就在此刻，飞机突然发出一声巨响，驾驶舱右前风挡玻璃碎了，与此同时，仪表盘也出现了预警。刘传健当即通过话筒向地面管制部门发出"风挡裂了，我们决定备降成都"的信息，并向副驾驶弯曲右手食指，做出"7"的手势，让其发出"7700"遇险信号——让其他飞机远离这架已经失控的飞机，避免二次伤害。可谁知还不到两秒，驾驶舱右前风挡玻璃便飞出了窗外。窗外的风瞬间灌入驾驶舱，副驾驶员的半个身子被吸出了窗外，控制着自动驾驶的FCU（飞行控制组件）面板也被吹翻，许多飞行仪表不能正常工作。客机开始持续剧烈颠簸，舱内严重缺氧，乘客纷纷陷入恐慌。

顶着零下40摄氏度的低温和时速500公里的风速，穿着短袖衬衣的刘传健强忍着寒冷和缺氧，左手紧握操纵杆尽力维持客机平衡，右手拿起左侧的氧气面罩戴在脸上。由于飞机与地面塔台失联，刘传健只得和进入驾驶舱接替副驾驶的第二机长一起，参考着仅有的PFD（主飞行显示器）数据和ND（导航显示器）数据，依靠备用仪表的数据，进行艰难的手动驾驶。

此时的刘传健心中只有一个念头：平安飞回去，把乘客安全带回去。他知道乘客里有为人父母、为人儿女、为人夫、为人妻者，他不能让任何一个家庭不完整。正是这样的信念和可敬的职业素养，让他果断应对险情并驾驶飞机安全着陆，并且在着陆时还不忘"不能占用别的跑道，因为别的飞机也要降落"。

事后调查显示，从飞机出现故障到刘传健备降的36个操作动作里，只要有一个动作不精准，都有可能导致飞机失去控制。民航局在类似情况下进行了10次飞机模拟实验，最终的结果都是飞机坠毁。

类似的情况，在此前的民航史上只发生过一次：1990年6月10日，英国一架航班在飞行过程中，驾驶室的一块风挡玻璃突然飞脱，最后飞机迫降成功。这次川航发生事故的高度是英航的两倍，刘传健此次返航备降的难度堪称"世界级"，创造了世界民航史上的奇迹。

传奇背后，隐藏着刘传健的坚守和执着。1991年，在经过严格的政审、体检、心理测试和文化考评后，刘传健经招飞入伍，进入空军第二飞行学院（空军西安飞行学院前身）学习。在经过四年严格的学习训练并通过飞行考核后，他从一名飞行学员成长为战斗机飞行员。毕业时，刘传健凭借其过硬的政治素养和军事素质通过层层选拔，得以留校任教。2006年，刘传健从部队转业到川航工作。在川航工作期间，他一直保持着良好的安全记录。正是在二飞院的学习经历，锻炼了他过硬的飞行技术，使得他在面对险情时临危不惧、正确处置。提起刘传健的这次空中特情处理，曾任飞行大队长的李庆堂这样评价："相当专业，稳定发挥，没有一丝一毫的多余动作。"

阅读启示

从成为飞行员的那一天起，刘传健就始终牢记确保飞行安全这一最高职责，把安全飞行规章标准落实到每一个航班的飞行全过程中，先后执行过多个重要航班保障任务。刘传健说："作为一名党员飞行干部，一个强不算强，带出一支优秀的飞行团队才算真本事。"飞好每一个航班，带好每一个学员，一直是刘传健不变的信念。

拓展延伸

刘传健是电影《中国机长》刘长健一角的人物原型。他曾学习、任教的二飞院，被誉为"人民空军的摇篮"。在平时的训练中，学院也从未间断过飞行特情演练。小到通信、仪表故障，大到座舱盖爆裂、飞机起落架下不来、发动机骤停，以及仪表盘、座舱盖被蒙住等，只要是可能影响飞行安全的故障，都要进行模拟操练和实战演练。

韦慧晓：航母之花

23岁做总裁秘书，27岁拿环球小姐，28岁赴西藏支教，34岁成为中山大学博士，39岁成为中国人民解放军海军首位女副舰长，40岁成为党的十九大代表……身份转变如此之大的韦慧晓，究竟是怎样的一个奇女子？

因为父亲是退伍军人，拥有军旅情结的韦慧晓，从小就有一个参军梦。1996年高考，韦慧晓郑重填报了国防科技大学，只可惜，那年她不在军校的招生范围之内。无奈之下，她选择了南京大学的王牌专业——大气科学。大学时期，她不仅学习成绩优异，而且还有着丰富的课余生活。在校期间，她踊跃参加各类活动，身为礼仪队队长的她还曾作为唯一的学生代表给来访的美国前总统老布什献花。

毕业后，韦慧晓进入华为。在华为工作的4年里，她先后担任高级副总裁秘书、行政助理，工作颇有成绩。27岁时，她做出了一个令人吃惊的决定——重新回到学校学习。在同事和朋友们的眼中，考研对于年薪百万元的她来说并不是一个划算的选择，但她心里清楚，这并不是自己想要的生活。于是，她毅然辞去工作，以专业第一的优异成绩考上了中山大学地球科学系的硕士研究生，继而又攻读博士。或许是中山大学的征兵宣传，让她心中那个参军梦再次燃烧起来。2009年8月，时逢中国海军启动组建航母接舰舰队，韦慧晓没有任何犹豫，选择了这项与民族崛起紧紧相连的事业。随后，她向海军有关部门寄出一封自荐信，这封信足足写了200多页，表达了她想成为一名现役军人的强烈愿望。上级领导珍惜人才，十分重视这封信，还专门回信表示同意她的请求，并告诉她，只要通过选拔，修完海军应该学习的课程，就可以参军入伍。出色的她只用短短两年时间就学完了全部课程。2012年1月，韦慧晓被特招入伍，成为中国首艘航母"辽宁舰"的一员。入伍当天，她在日记本上郑重地写道："此生嫁给海军。"

刚到军舰上时，由于没有经验和不熟悉设施，她遇到了许多的困难，最要命的是她还晕船。既然有短板，那就拼命去弥补。加入中国海军航母编队之后，韦慧晓不忘初心，选择了几个课题进行研究并取得重大成果，优化并增强了航母舰队的整体实力，推动了中国航母事业的发展。

在为自己的目标奋斗的同时，韦慧晓也始终保持着对知识的渴求，在航母任职的38个月中，有20个月的时间都在学校学习。她先后在大连舰艇学院的航海指挥和舰艇战术指挥两个专业学习深造，并取得了军事学学士学位。

2015年，因为在"辽宁舰"上表现出色，韦慧晓被调到"长春舰"担任实习副舰长，并于次年3月通过实习考核，正式成为海军首位女副舰长。2017年，因表现优异，韦慧晓被任命为"郑州舰"实习舰长。她用6年的时间完成了别人15年完成的事情，如愿以偿地当上了舰长。

阅读启示

韦慧晓曾说："如果你从来不曾自律过，从来没想过牺牲奉献，那你从来就没成为真正的军人。"夜深了，韦慧晓的房间还亮着灯，灯光映着她柔和的面庞和坚毅的眼神。翻书声和写字声在寂静的夜晚格外清晰，即使再忙，她也不忘在睡前给自己学习充电。韦慧晓对自己的人生从不设限，这也让她收获了不同的人生体验。在人生的每段旅程中，我们也要像韦慧晓一样全力以赴，不留任何遗憾。

拓展延伸

从基层军官，一步步走上舰艇的管理岗位，韦慧晓是海军"辽宁舰"的第一位博士女军官，是海军第一位女副舰长和女实习舰长，也是海军第一位驱逐舰女舰长。在最好的青春年华，她一直勇敢坚毅地追求着自己的人生理想。她希望通过自己的努力，激励更多年轻人追寻自己的梦想，敢想敢做。

秦怡：德艺双馨的人民艺术家

1922年1月31日，秦怡出生在上海浦东的一个封建大家庭，自幼就对文艺有着浓厚的兴趣。秦怡虽是封建家庭出身，但她是反对封建的，在上海中华职业学校读商科的时候，她就和几个进步青年参加了话剧《放下你的鞭子》的演出。1938年，她进入中国电影制片厂担任话剧演员，1941年成为中华剧艺社演员，1946年凭借在影片《遥远的爱》中的演出成名。1949年后，秦怡成为上海电影制片厂演员、演员剧团副团长。

作为百年中国电影史的见证者和耕耘者，秦怡全身心投入并奉献于电影事业。她是一名真正的演员，无论出演什么角色，总爱在脑子里想了又想、细细琢磨。这份认真换来了事业的成功，她在银幕上留下了许多经典的女性形象，如《女篮5号》中的林洁、《青春之歌》中的林红、《铁道游击队》中的芳林嫂、《浪涛滚滚》中的钟叶平等。秦怡成了一个时代的经典，创造了一段段精彩的光影传奇。

她在中国电影史上有着无数的辉煌战绩，很多人认为她是被命运眷顾的宠儿，但其实她经历过无数坎坷。生活中的秦怡，承受着绵长的苦楚。她经历过两段婚姻，后来又经历了丧夫、丧子之痛，但是无论遭受什么样的打击，她对电影的热爱依旧不减。

秦怡对自己的定位从来不是明星，而是演员，一个用心演戏的演员。她说，再小的角色也是角色，如果戏里每一个角色都能够演好，那整部戏都会不一样。

2009年2月，秦怡获全国妇联和《人民日报》等11家全国媒体授予的"中国十大女杰"称号；5月，获全国五一劳动奖章；10月，在第18届金鸡百花电影节获终身成就奖。11月，为庆祝秦怡从艺70周年，秦怡电影回顾展在上海影城开幕。即便已经荣誉满身，秦怡仍然说："还要去做，再怎么累也要去（拍戏）的。"这位坚强、善良的人民艺术家，把一生都奉献给了自己热爱的事业。很多年轻演员都说，和秦怡老师合作让自己受益匪浅，回忆起来充满了敬仰和感动，她就像是一座精神灯塔。

秦怡常说："只要观众需要，我随叫随到。"2014年，92岁高龄的秦怡克服恶劣条件，亲赴青藏高原，实地完成电影《青海湖畔》的拍摄。在青海海拔3000多米的地方，有一场戏需要她从山坡上滚下来。秦怡拒绝使用替身，坚持亲自拍摄。对于剧组成员的劝说，她回应道："我是可以拍下来的，可以站得动的。要是站都站不动了，我就不来参加这个工作了。"

2017年，陈凯歌执导的《妖猫传》上映，已经95岁的秦怡也参演了该片。虽然只拍了三天，但秦怡在片场仍然努力学习。她说："我们作为文艺工作者，任何东西都学一点，是必须的。我作为一个电影演员，虽然有点经验，但还不够。真正的好演员、了不起的演员，人家全世界都要看你，还差得很远。"

秦怡一生历尽坎坷，但她总是怀着一颗慈善之心，尽最大能力去帮助别人。那时候，秦怡没有片酬，拿的是国家规定的上海电影制片厂的工资，但在四川汶川地震后，她先后捐款20余万元，青海玉树地震后，她又捐款3万元，几乎是倾囊而出。

吴祖光在随笔《秦娘美》里，曾形容秦怡具有中国妇女的传统美德，身处逆境而从不灰心丧志，能够以极大的韧性迎接苦难、克服困难，永远表现为从容不迫。

对待演出，秦怡有一种超乎常人的执着与认真。正如她所说："我们总要以满腔激情去拥抱事业，表演就是我的事业，就像是我的一支永远唱不尽的歌。"如今，秦怡老师已经走过了她的百年光影人生路，那些流光溢彩的银幕形象虽然早已定格在无数留档的胶片中、泛黄的老电影杂志上，但她的艺术青春之歌，将永远被后人传唱。

阅读启示

秦怡虽然已经离世，但她在荧幕中塑造的坚韧勇敢、优雅美丽的角色将永远留存，她留给人们的精神财富同样也是永恒的。秦怡是一位真正称得上"德艺双馨"的老艺术家。

拓展延伸

1983年，秦怡获得第一届中国电视金鹰奖优秀女演员奖，还曾获得上海国际电影节华语电影终身成就奖、上海文艺家终身成就奖、中国电影金鸡奖终身成就奖等。她被周恩来总理称为"中国最美丽的女性"，又被喻为"东方维纳斯"。

蓝天野：将一生奉献给人民文艺事业

他是话剧《茶馆》中的秦二爷、《北京人》中的曾文清、《蔡文姬》中的董祀、电视剧《封神榜》中的姜子牙、《渴望》中慈祥的父亲；他是在88岁高龄还在排练现场扔掉手里拐棍，倒地进行示范的导演；他还是始终以无私之心投身社会公益的共产党员。他就是北京人民艺术剧院离休干部蓝天野。

回溯蓝天野话剧生涯的起点，要从他的少年时期说起。这是个漫长的过程，从一开始就印着红色印迹。

蓝天野出生于1927年，是河北省衡水市饶阳县人。他小时候最喜欢画画，17岁时考进北平艺专（中央美术学院的前身）油画系学习油画，那时的他还一门心思要当个画家。

但历史改变了他的决定。由于三姐是中共地下党员，他深受影响，也加入革命宣传活动中。1945年9月，18岁的蓝天野正式入党，成为一名年轻党员。入党后，蓝天野马上开始了革命工作。一开始，他负责各种宣传资料的印发，在熟悉了工作流程后，组织又委派他担任地下交通员。蓝天野利用自己学生的身份，帮助党的地下工作者在沦陷区和解放区之间互相传递情报。

1944年冬天，著名表演、导演艺术家苏民对蓝天野说："咱们一起演个话剧。"从此，他跟话剧结下了不解之缘。

蓝天野的名字很特别，然而很多人不知道的是，这是他自己改的名字。蓝天野原名王润森，1948年，国民党反动当局对很多剧团开始怀疑，并加紧了监视。随着局势不断紧张，大批的人撤回解放区。到达解放区的当天，接待他们的人说："现在进了解放区，你们在国统区还有亲戚朋友、很多关系，为了不受牵连、影响，到了解放区就要改名字，每个人都要改，现在就改。"

由于没时间想，他便随口说出了"蓝天野"这三个字，没有任何寓意。在蓝天野看来，名字不过是个符号，没想到用了一辈子。

1952年，北京人民艺术剧院正式成立。那年，蓝天野正好25岁，对未来满怀憧憬。

蓝天野从事艺术创作与演出工作70余年，戏剧是他一生钟爱的事业，他也一直坚持活跃在舞台上，他的表演堪称教科书级别。蓝天野执导了《山村新人》《救救她》《故都春晓》《吴王金戈越王剑》等十余部话剧，并凭借话剧《吴王金戈越王剑》获北京市优秀导演奖。

蓝天野有一本积累了数十年的珍贵集子，里面收藏了上千张各式各样的人物画像，有的是照片，有的是从画报上剪下来的，有的是他自己画的素描速写。蓝天野通过积攒各种人物画像，去揣摩画中人的内心，从中获取演戏的灵感。他坚信"没有小角色，只有小演员"，无论角色大小，只要一上舞台，演员就有义务塑造一个鲜明的人物形象。一部部优秀作品、一个个鲜活角色背后，支撑蓝天野潜心创作、精彩演出的动力，是对艺术始终如一的追求。

2011年，时任北京人民艺术剧院院长的张和平用一顿"鸿门宴"又把蓝天野找了回来。当他重新回到排练场的时候，那种熟悉感油然而生，就好像从来没有离开过。重排献礼剧目《家》时，他说："这么多年没登台了，当时心里的确有些忐忑，但只要剧院需要，我就要发好光和热。"在话剧《家》的演出中，他坚持连演了十一场三个半小时。在排练中他不慎摔伤，手指骨折，起身后的第一句话是"对不住大家，让各位受惊了"。第二天，他仍坚持带伤出现在排练现场。

蓝天野还把这种精神传递到年轻党员身上。1987年离休后，他仍心系话剧事业，多年来始终坚持为青年演职人员讲授剧院传统、戏剧表演理论和技巧。

2015年，蓝天野以88岁高龄再次执导了瑞士剧作家迪伦马特的代表作《贵妇还乡》。在两个多月的排练中，他坚持每天早来晚走，对每一位演员的台词、动作仔细推敲，认真讲解，并亲自上场示范。有位年轻演员的肢体动作始终不到位，站在一边的他突然扔掉手里的拐棍，倒地进行示范。"您这么大岁数了，这样做很危险。"旁边的人一边说，一边赶紧扶起他。但他却说："为人艺培养人才是我分内的事，有什么豁不出去的？"

北京人艺的好传统，就这样在言传身教中薪火相传。

阅读启示

蓝天野说："作为一个艺术家要德艺双馨，永远是德在第一位。"在他看来，党的文艺工作者首先要明大德、立大德，树立高远的理想追求和家国情怀。在他的身上，我们能够看到一个艺术家的风骨和一个革命者的胸怀。

拓展延伸

作为著名的表演艺术家，蓝天野先后获得"中国话剧金狮奖""中国戏剧奖·终身成就奖""全国德艺双馨奖·终身成就奖""全国优秀共产党员"等荣誉称号。2021年6月29日，中共中央授予蓝天野"七一勋章"。

郭兰英：一生为祖国歌唱

　　郭兰英于1930年12月生于山西省晋中市平遥县，4岁开始学艺，10岁登台演出。为了学艺，她每晚都要搬起腿来睡觉，睡到半夜再换腿。当把腿放下来的时候，她都不知道这还是不是自己的腿。在戏班的5年，是郭兰英童年里最不堪回首的日子，即便她后来小有名气，师傅、师娘对她的责打也从未停止过。在旧社会，因为戏子的身份，她遭过白眼和冷遇，经历了太多的磨难。在艰难的境遇里，是党给了她重生的希望。所以无论在什么时候，她都一心想着要报效祖国。

年少时期的刻苦学艺让郭兰英在日后的民歌事业中取得了不菲的成就。她一直不懈地努力探索，为中国民族歌剧表演体系的建立和民族演唱艺术的发展做出了开拓性的贡献。她的音乐作品有《我的祖国》《人说山西好风光》《八月十五月儿明》《咱们的领袖毛泽东》《社员都是向阳花》等，歌剧作品有《白毛女》《夫妻识字》《血泪仇》《兄妹开荒》《小二黑结婚》《刘胡兰》等。她塑造的喜儿、小芹、胡兰子等光辉夺目的舞台艺术形象，受到广大群众的喜爱。她深入生活，在全国各地巡回演出；她遍访世界各国，传播中华民族文化艺术，多次受到国内外的艺术嘉奖。

从艺数十载，郭兰英获得了无数殊荣，1989年荣获中国首届"金唱片奖"，2005年荣获首届中国电影音乐特别贡献奖，2014年获得第十一届造型表演艺术成就奖等。她的歌从新中国成立前唱到新中国成立后，从战争时期唱到建设时期，歌迷跨越了几代人。可以说，中国革命的任何一个时期，都有她的代表作品。但郭兰英从不标榜自我的成功，而是将大多数的精力放在了民歌的传承与发展上。早在20世纪80年代，她就怀揣着为民族歌坛培养新生力量的想法，在广东番禺创办了郭兰英艺术学校。当时许多朋友不理解她为什么放弃北京优越的生活，变卖家产创办学校，她的回答是："我是党的女儿、人民的女儿，我能做的一切都是来自党的培养，人民的哺育。作为一名共产党员，我离开舞台，走向讲台，把学校办好，把学生教好，这就是我的明天！"

面对学生们更偏向于学习西洋剧目的情况，她语重心长地讲："孩子们，我也学过意大利、俄罗斯的唱法，但是我明白，我唱得再好，跟人家比还是差得多。同样，外国人唱中国歌再好，也没有你唱得好。孩子们，我们是中国人，还是回来吧，把中国歌唱好了吧！"她充分肯定各地特色唱法，如内蒙古地区的呼麦、陕西地区的信天游以及山西独有的开花调等，并说这些特色唱法是我们中华民族的瑰宝，促进了多民族唱法的融合创新，需要一代又一代人的传承与发扬。

郭兰英桃李满天下，培养了众多出色的学生，许多当代著名歌唱家都出自郭兰英门下。她在88岁高龄时还上讲台为中央音乐学院的学生们指导剧目，有些唱段还亲自示范，并给学生们认真编排了《小二黑结婚》《刘胡兰》等经典的晋剧剧目。她饱含深情地告诉学生们："我很羡慕你们这些读大学的孩子，我小时候没有上过学，连学校的大门都没有见过，是大文盲两眼瞎。唯一有的就是几十年的舞台表演经验和戏剧学习的底子……我真是想赶快把一身的本领都传授给你们，因为我怕哪一天我可能就动不了啦。"

▌清澈的爱，只为中国

阅读启示▐

在80多年的艺术生涯中，郭兰英为中国民族歌剧表演体系的建立、民族演唱艺术的发展做出了开拓性贡献，她演唱的歌曲串联成了新中国的有声历史。郭兰英始终以一个党员、一个革命者的身份来要求自己："老老实实、勤勤恳恳多干实事，不要只想到自己，要想到人民。"郭兰英始终在为人民歌唱、为人民服务。

拓展延伸▐

郭兰英始终认为自己是黄河的女儿，血液里流淌着的是山西的血脉，内心亦始终扎根在山西。她的手机铃声是一首大家耳熟能详的《人说山西好风光》，透过优美动听的旋律，我们仿佛能看到一幅"左手一指太行山，右手一指是吕梁"的画卷徐徐展开，三晋大地的锦绣山川就这样展露出来。

阎肃：人民歌者

如果你喜欢通俗歌曲，你一定听过《敢问路在何方》《雾里看花》；如果你喜欢军旅歌曲，你一定听过《我爱祖国的蓝天》《军营男子汉》；如果你喜欢歌剧戏剧，你一定看过《江姐》《红色娘子军》。这些脍炙人口的作品，都是由人民艺术家阎肃创作的。

1930年，阎肃出生于河北省保定市。1937年，日本全面侵华战争爆发后，阎肃随全家逃难到重庆，因为家庭穷苦，他只好在修道院的一所教会学校读书。上中学时，他喜欢读鲁迅、巴金等进步作家的书籍，在进步老师和同学的带领下，他又悄悄读了《共产党宣言》《新民主主义论》。1949年春天，阎肃考入重庆大学工商管理专业，在那里，他积极投入党领导的学生运动。重庆解放后不久，阎肃接受组织调遣，成为西南团工委青年艺术工作队的一名宣传员。1952年，没穿军装的他，两次到朝鲜慰问参战部队。看到英勇杀敌的战士们为国捐躯，他在烈士们的墓碑前做出了一个一生无悔的选择：我要当兵去！从朝鲜战场归来后，阎肃穿上了梦寐以求的军装，并光荣加入了中国共产党。从此，他有了崭新的人生目标：今生铁心跟党走，风风雨雨不回头。

1958年，阎肃下部队体验生活，一去就是一年多。他跟着老兵们打背包、跑拉练，跟着炊事班养猪、种菜，跟着机务队拧螺丝、上机油，和飞行员、机务兵们成了"掏心掏肺"的朋友。一个傍晚，放飞训练的战机陆续归航，只有他所在机务小组的飞机迟迟未归。全组人眼巴巴地望着晚霞尽头的那片天，没人走动和说话。看着战友们那渴盼的眼神，阎肃心中的情感仿佛一下子找到了出口："我爱祖国的蓝天，晴空万里阳光灿烂，白云为我铺大道，东风送我飞向前……"

这是阎肃"兵歌"的成名作。短短几行，写尽了飞行的英姿与潇洒，写尽了空军指战员的信念与豪情。今天，这首《我爱祖国的蓝天》仍然是强大的中国空军的象征。

1962年，已是空政文工团创作员的阎肃从当时风行全国的小说《红岩》中得到灵感，决定以小说中的主人公江姐为主线，创作一部歌剧。那是新婚后的第一次探亲休假，阎肃趴在炕桌上奋笔疾书，思绪像奔涌的泉水、爆发的火山，从笔端、心中倾泻而出。他整整写了18天，歌剧《江姐》的剧本一气呵成！经过近3年的打磨、谱曲、排演，1964年9月，由阎肃和著名作曲家金砂、姜春阳、羊鸣联袂创作的歌剧《江姐》公演，立即引起轰动，一年内连演200多场，观众无不热泪盈眶，拍手称道。那一曲"红岩上，红梅开，千里冰霜脚下踩，三九严寒何所惧，一片丹心向阳开"的《红梅赞》，成了家喻户晓、人人传唱的经典歌曲。

当年11月，歌剧《江姐》正在热演。一天晚上，阎肃刚从剧院出来，一辆吉普车突然停在他身边，车上人喊道："阎肃，上车！紧急任务！"当车子驶入中南海时，阎肃才知道，是深受歌剧《江姐》感动的毛主席要接见他。见到敬爱的领袖，阎肃激动不已。毛主席握着他的手，一番鼓励后，送给他一套《毛泽东选集》。阎肃坚定地回答："我一定好好努力！"脱口而出的七个字，重若千钧。这短短的七个字，也是阎肃一生一世对党和人民的庄严承诺。

20世纪六七十年代，阎肃创作了《红灯照》《红色娘子军》《年年有余》等颇有影响力的京剧现代戏。80年代后，他创排歌剧《特区回旋曲》，反映经济特区的建设成就；歌剧《党的女儿》，以艺术的形式告诉人们社会主义中国的政权来之不易；《五星邀五环》唱响奥运精神；《风雨同舟》凝聚人心，鼓励人们众志成城渡过难关。阎肃还为电影、电视剧配乐，《西游记》里一曲《敢问路在何方》使他的名字走进了千家万户。在这之后，阎肃一发而不可收，又创作了《说唱脸谱》《故乡是北京》《前门情思大碗茶》《雾里看花》等被人们广泛传唱的歌曲。他还参与了一百多场党和国家、军队的重大文艺活动，从庆祝中华人民共和国成立50周年大型文艺晚会《祖国颂》到庆祝中华人民共和国成立60周年大型文艺晚会《复兴之路》，从建党80周年晚会《岁月如歌》到抗战胜利70周年晚会《胜利与和平》，阎肃一生不忘党和人民的养育恩情，用毕生心血为我们这个伟大时代纵情歌唱。

阅读启示

阎肃说："我这一生是在用一种歌唱和赞美的方式来爱党爱国爱军队。"阎肃把对党的忠诚融入文艺创作中，为时代抒写、为人民放歌，深入生活、精益求精，创作了非常多脍炙人口的作品，对推动社会主义文化大发展大繁荣做出了突出贡献。

拓展延伸

2014年10月15日，习近平总书记在北京主持召开文艺工作座谈会。在座谈会上发言时，阎肃说："我们也有风花雪月，但那风是'铁马秋风'、花是'战地黄花'、雪是'楼船夜雪'、月是'边关冷月'。就是这种肝胆、这种魂魄教会我跟着走、往前行，我愿意为兵服务一辈子！所以，我、我们心中常念叨的就是六个字：正能量、接地气。在部队来说就是有兵味战味！"听过阎肃的发言后，习近平幽默地说："我赞同阎肃同志的风花雪月。"全场响起会心的笑声。习近平接着说："这是强军的风花雪月，我们的军旅文艺工作者，应该主要围绕强军目标做自己该做的事情。我特别赞同。"

李雪健：低调谦逊的"老戏骨"

在2022年10月1日央视《中国梦·祖国颂——2022国庆特别节目》晚会上，李雪健在短片《目光》中一人诠释乡村校长、航天科学家、老英雄、爷爷四个人物形象，没有一句台词，全程用神态、动作表演。李雪健在四个角色之间无缝切换，以无声的演绎感动了无数观众。作为弘扬社会主义核心价值观的优秀表演艺术家，李雪健崇德尚艺、执着追求，形成了"含蓄、真诚、淳厚、朴实"的表演风格。从艺四十多年来，他塑造了众多生动鲜活的艺术形象，获奖无数，是德艺双馨的艺术家。

李雪健出生于山东省菏泽市巨野县一个农民家庭。1965年，11岁的李雪健随父亲前往贵州"三线"支边，16岁进入工厂劳动，在中学、工厂均为业余文艺宣传队演员。1973年，19岁的李雪健参军入伍，后来被调入中国人民解放军二炮文工团话剧队，1977年考入空政文工团。1980年，李雪健在话剧《九·一三事件》中扮演林彪一角，并因此夺得首届"中国戏剧奖·梅花表演奖"。1987年，他进入中央实验话剧院。

对李雪健来说，1990年是他演艺事业的第一个巅峰期：他在风靡全国的电视连续剧《渴望》中出演好人宋大成，夺得第11届中国电视剧飞天奖最佳男配角奖和第9届中国电视金鹰奖最佳男主角奖；同年，他凭借主演的电影《焦裕禄》获得第11届中国电影金鸡奖最佳男主角奖和第14届大众电影百花奖最佳男演员奖。李雪健的演技得到了广大观众的认可，他也迅速成为国内知名的男演员。而最为人津津乐道的，还是他坚守演员操守、不为金钱所惑的职业精神。

1992年，有人找李雪健拍广告，说是一次性要给他20万元的报酬，这在那个年代可是一笔巨款。拍广告的人让李雪健化装成焦裕禄，一边在小河边踉跄走着，一边捂着肝脏的位置，表现出很痛苦的表情。然后，吃了一片治疗肝病的药片后，立即就不痛了，就连走路的步伐也有力了。李雪健一听，不拍！再多的钱也不能拍，自己不能拿焦裕禄的形象去赚钱！之后，李雪健接连参演了几部优秀影视作品，比如，在张艺谋执导的影片《摇啊摇，摇到外婆桥》中饰演配角六叔，在电视连续剧《水浒传》中饰演宋江。

2000年11月，李雪健被查出患了鼻咽癌，当时，他正在陕西参加一部高科技军事题材电视连续剧《中国轨道》的拍摄。为了不影响拍摄进度，李雪健边化疗边拍戏。在家人的支持和鼓励下，李雪健积极配合医生治疗，终于战胜癌症，重新进入观众视野。但化疗的后遗症也就此落下：他的声带严重受损，因为唾液腺不再分泌唾液，说话非常吃力，声音也变得沙哑。而且他的听力也变差了，跟人说话的时候需要把手放在耳边，凑近才能听得清楚。

遭遇重病后，李雪健也曾不甘心过。赶上这么好的时代，这么好的环境，他不想放弃，还想接着演，即使精力有限，也不想辜负这个好时代。"演英雄学英雄，最后还是英雄的精神教育启发了我，让我不断提醒自己：不忘初心，感恩奋进；生命不息，创作不止。"

正是靠着这种信念和对表演事业的热爱，复出后的李雪健克服了难以说话、听力受损的困难，谦卑踏实地拍戏，每次在片场都百分百全身投入。老戏骨的敬业精神让后辈心生敬仰，他也因此获得更多观众的尊重和认可。2011年，李雪健凭借主演的电影《杨善洲》获得第14届中国电影华表奖优秀男演员奖；2012年，他凭借电影《一九四二》夺得第50届台湾电影金马奖最佳男配角奖；2016年，他凭借电视剧《嘿，老头！》《少帅》获得第28届金鹰奖最佳表演艺术奖。

低调做人，踏实演戏，李雪健用自己的亲身经历诠释了这两个词的内涵，也诠释了一个好演员应有的品质。

阅读启示

李雪健作为杰出的表演艺术家，一生致力于演艺事业。凭借着对艺术的热爱与执着，他塑造了众多经典角色，赢得了广泛的赞誉。李雪健的事迹告诉我们，无论选择何种职业，都要热爱与坚持。成功的背后是无数次的努力与付出，只有不断磨炼自己，才能在人生的舞台上绽放光彩。

拓展延伸

李雪健一共获得33个影帝称号，"梅花""金鹰""飞天""百花""金鸡"这些戏剧、电影、电视三个领域的大奖，李雪健更是尽数揽获！这样惊人的成绩，正是他始终如一的"较真"得来的。他说："我在生活中特别不较真，但是在本职工作中极其地较真。"2018年，他获得党中央、国务院授予的"改革先锋"称号；2019年，他被评选为"最美奋斗者"。

杨丽萍：不食人间烟火的孔雀

1993年，在中央电视台春节联欢晚会上，杨丽萍创作表演的双人舞《两棵树》获得观众票选第一。时隔19年，杨丽萍再次登上春晚舞台，带着最新作品《雀之恋》惊艳亮相。

杨丽萍出生在大理市的一个白族人家，跳舞是当地少数民族生活的一部分。十几岁时，她便被招入西双版纳州歌舞团，成为一名舞蹈演员。从小酷爱舞蹈的她，没有上过任何舞蹈学校，由于基础薄弱，杨丽萍每天坚持练习基本功到深夜；由于餐食补助少，她每顿只吃水煮白菜，但这一切苦在她眼里都不算什么。入团后，她跟随歌舞团走村串寨，巡村访演，每次访演的时间至少长达三个月，在这个村子待一段时间，接着再去下个村子。借访演之机，她得以遍历云南的各个少数民族聚集地，感受多元文化，而这宝贵的经历也为她后来的艺术创作打下了深厚的基础。她凭借着丰富的感受力天赋，以自然为课堂，从中汲取舞蹈的灵感，建立起了一套属于自己的对于舞蹈的世界观。

1979年，由杨丽萍主演的大型民族舞剧《孔雀公主》荣获云南省表演一等奖。因为表现优异，1980年，她被调入中央民族歌舞团。歌舞团中传统的民族舞训练技法背离了她对舞蹈艺术的理解，所以她一直无法适应这里的学习训练方式，并拒绝接受集体训练。她的"特立独行"受到了领导和老师的批评，但她坚持按照自己的方式进行练习。1986年，她创作并表演了独舞《雀之灵》，一举成名。随后，杨丽萍创造出一个又一个出色的舞蹈作品。她坚持只跳自己的舞蹈，坚持展示自然、展示生命。她的舞蹈大多取材于云南的大自然，一直保持着自己的风格与特色。她用灵巧的手来展示舞蹈的美，开创了原生态舞蹈。

2003年，杨丽萍从中央民族歌舞团退休，回到云南继续采风，创作原生态歌舞集《云南映象》。次年，《云南印象》揽获了第四届中国舞蹈"荷花奖"舞蹈诗金奖、最佳女主角奖、最佳编导奖、最佳服装设计奖和优秀表演奖等多个奖项。从2009年开始，《云南映象》开始年度世界巡演，中国艺术第一次进入了全球最顶尖的PBS（公共广播协会）品牌系列"GREAT PERFORMANCE"（伟大的表演）。《云南印象》在美国辛辛那提市进行了为期两周的推广性演出，团队的精彩表演轰动了整个美国。辛辛那提市市长特地将演出日命名为"云南印象"日，《云南印象》演出的那天就此成为辛辛那提市历史上的一个特殊纪念日。多年来，杨丽萍出访过很多国家进行艺术交流，相继在菲律宾、新加坡、俄罗斯、美国、加拿大、日本等国家和地区举行专场舞蹈晚会。她说："国外观众喜欢具有中国民族特色的东西。"

在她的观念中，民族舞是天然去雕饰的。民族的传统与文化在越来越浓的现代商业气息的侵袭下正慢慢流失，原生态艺术的生存状况不容乐观。杨丽萍对此感到担忧，于是她用自己的实际行动编排了很多舞蹈，让一些古老的民族歌舞得以流传，为中国民族文化的传承和发扬做出了杰出的贡献。

阅读启示

谈起舞蹈，杨丽萍曾说："我会一直跳，直到生命的轮回。别人跳的是舞，我跳的是命。"跳舞从来都不是她争取鲜花和掌声的手段，她也从未想过要用舞蹈换取什么。正因以这样淡泊名利的心境进行创作和表演，她的舞蹈才真正还原自然，还原民族本身。

拓展延伸

人民网评价杨丽萍："一直以来，人们将这位从深山里走出来的神秘舞蹈家称为'巫女'——一位善于用肢体说话的人。东南亚的观众更称她为'舞神'。杨丽萍所舞出的纯净柔美的舞蹈，是特殊的艺术形象、特殊的灵慧气质。她是真正的艺术家、创作者、实践者，真正独一无二至情至性的舞者。"

郎平：中国体育的"铁榔头"

郎平，中国女排原总教练，13岁开始打排球，18岁入选中国国家女子排球队，25岁退役在北京师范大学深造，30岁回到国家队执教。郎平打了50多年的排球，用50年书写了一个又一个传奇。50年来，中国女排的所有荣誉几乎都和她息息相关。从当运动员时夺得五连冠带领中国女排走上世界之巅，到当教练员时再次率领中国女排重回世界之巅，这把经历了无数场比赛的"铁榔头"，在千磨万击后变得更加坚劲。

　　郎平"铁榔头"的名字，源自1981年女排世界杯的中日决战。赛场上郎平猛、准、狠的扣杀，少有对手能够接住。"好！郎平的双快球！中国的铁榔头，一锤一个雷霆！"转播时，解说员宋世雄称赞她的扣球像钉子一样钉在那里，是真正的球场上的"铁榔头"。

　　球员时期的郎平，是世界女排三大主攻手之一，在多次世界大赛中获得"MVP（最有价值球员）""最佳攻球手""最佳选手"和"优秀运动员奖"等荣誉称号，随中国队参加世界杯、世锦赛、奥运会，实现了三连冠的辉煌战绩。作为运动员，因训练比赛造成伤病在所难免，在经历了大大小小的手术后，郎平的身体至今还留有许多伤疤。她常开玩笑道："现在的追求没有那么高了，能正常走路、正常生活就行。"但她唯一放不下的就是中国女排，在有生之年还要为排球事业做出努力。由于伤病，郎平25岁时就无奈选择了退役，而后走上了执教生涯。

　　1995年初，当时的中国女排正处于低谷时期。郎平临危受命，只用了短短一年，就带领中国女排拿下了奥运会亚军。担任教练期间，郎平既是严师，也是慈母，训练时她对队员们高标准严要求，赛场上她运筹帷幄给予战术指导，而在私下里她把队员们当成自己的孩子，凡事尽可能地站在她们的角度，为她们考虑。在她的悉心指导下，女排队员们收获的不仅仅是排球技术的提升，在对体育运动的理解、看问题的方法和为人处世的态度等方面也逐渐有了新的认识。郎平带领中国女排接连拿下世锦赛亚军、奥运会亚军，作为亚军队的主教练，她被破例授予"世界最佳教练员"之称。

在郎平和女排队员们的不懈努力下，中国女排最终登上了世界杯冠军和奥运会冠军的领奖台，而郎平因为压力太大、过度操劳，曾一度晕倒在奥运村食堂。

郎平带领中国女排走上世界巅峰，在一次又一次的比赛中，她们团结战斗、勇敢拼搏，锻造了"祖国至上、团结协作、顽强拼搏、永不言败"的女排精神。国务院以及国家体育运动委员会、共青团中央、中华全国青年联合会、中华全国学生联合会和中华全国妇女联合会号召全国人民向女排学习，从此，女排精神被广为传颂，各行各业的人们在女排精神的激励下，为中华民族的腾飞顽强拼搏。

阅读启示

郎平说："女排精神就是团队的精神，融入了排球人的血液。女排精神就是无论能否做到，但会做到最好。女排精神就是不负青春，为祖国争光。"她也用自己的实际行动践行着"女排精神"。"女排精神"如今已成为中国体育的一面旗帜，振奋了民族精神，激励和影响着一代又一代人投身改革开放和中国特色社会主义伟大事业。

拓展延伸

因为有在意大利参加联赛和在美国读书、执教的经历，郎平身上也透露着国际化风范：一口流利的英语，潇洒自如的言谈举止，以及临场指挥的睿智、淡定……郎平不仅是国际排坛中最亮眼的中国籍主帅，更是最抢眼的女性教练。

姚明：中国篮球事业的开拓者

　　在激烈的NBA（美国职业篮球联赛）赛场上，每天都在上演优胜劣汰的剧情。作为NBA历史上首位外籍状元，在火箭队的九年，每次训练，姚明都是第一个到场，又最后一个退场。每场比赛后，来不及休息，他又继续埋头健身房。他的心中有一个信念："不能让外国人瞧不起中国球员！"2008年，姚明击败了"黄曼巴"率领的开拓者，又与天使城"黑曼巴"领衔的"紫金军团"狭路相逢，鏖战七场。最让人印象深刻的是在第三场，即使左脚被撞伤，在经过简单的处理后，他咬着牙又上场了。虽然最后还是输了比赛，但他不屈的精神却让斯台普斯中心响起了经久不息的掌声。球场上的他刻苦训练、顽强拼搏，开启了火箭的新时代，他所成就的火箭精神也融入了这支队伍的血液中。

NBA赛场上的成功使得姚明在国内外拥有了巨大的影响力。尽管如此，他始终没有忘记祖国的培养，始终无条件地将国家利益放在首位。从2002年进入NBA开始，只要没有重大伤病，凡是涉及中国男篮的重大比赛，他都义无反顾地回到祖国，为国家队征战。2005年的亚锦赛，姚明在做完脚踝手术后一个月就回到国家男篮，并积极投入训练和比赛。2006年，姚明接受脚部手术之后，外界猜测他可能会缺席8月份的世锦赛，但他多次向中国篮协表示要尽快恢复，争取参加世锦赛。2008年，姚明再次为国家男篮披挂上阵，出战北京奥运会，战"梦之队""斗牛士"，擒"德国战车"……而就在5个月前，他的左脚踝因应力性骨折刚进行了手术，医生叮嘱他，如果在比赛中受伤，就会有断送篮球生涯的危险。"你对国家的热爱更高于你对职业和薪水的追求。"这是媒体对姚明回国参加奥运会的高度评价。

2016年，奈史密斯篮球名人堂颁奖仪式在美国举行，姚明成为首位入驻NBA篮球名人堂的华人。在NBA的这几年，姚明人气飙升，尽管如此，他从来没有忘记自己是个中国人。"我为自己是中国人而自豪，我从来都没有想过要改变自己的国籍，在我的NBA生涯结束后，我会回到中国去生活。如果我必须在NBA和国家队之间做出选择，我会选择国家队。"当球队的赞助商日本丰田公司几次三番找到火箭队的老板亚历山大，希望他能帮忙跟姚明牵上线，让姚明出任丰田的形象代言人，并为姚明准备了一份2000万美元的广告合同时，姚明没有任何商量的余地，只回复两个字："不行。"而且，不提供任何解释。

姚明的爱国情怀是发自内心的，他并没有太多的豪言壮语，但当国家队有需要的时候，他总是义无反顾地归国效力，哪怕自己伤痕累累。姚明始终不忘祖国对他的培养之恩、教育之情。退役后，姚明一边回到学校深造，一边运营篮球俱乐部。2017年，姚明全票当选中国篮协主席。从此，他以提高我国篮球竞技水平、带给篮球爱好者更多更好的篮球赛事和活动为己任，致力于推动篮球运动的发展和普及。

对于姚明来说，爱国不是挂在嘴边的一句空话，而是融入血液、刻进骨子里的。他是中国体育历史上国际影响力最大的运动员之一，靠着自己的努力和坚韧的职业体育精神，他一步步取得了如今的成就。这些年来，他深刻感受到中国体育事业的蓬勃发展，中国梦为所有体育人提供了施展才华的广阔空间。"体育，以人为基础、为载体。一个个运动健儿实现梦想，中国梦将更加闪亮。"对于年轻的体育健儿，姚明满怀期待："保持喜欢，保持好奇心，保持尊重。勇于探索，不断提高个人及团队竞技水平，助力中国体育事业不断发展进步。"

阅读启示

姚明曾经对《休斯敦纪事报》的记者说："在我来NBA之前，我的最终目标是帮助国家队在奥运会上取得好成绩，我来到NBA后，这仍然是我最重要的目标。只要能让我进国家队，不给我报酬没关系，没有球迷我也不在乎，甚至是让我当板凳球员都行——因为能为国家而战是一种骄傲，把我的名字印在球衣上面是一种荣誉。"

拓展延伸

姚明于1998年入选国家队，有天赋、肯吃苦的他，在2002年NBA选秀中，以状元秀的身份被NBA的休斯敦火箭队选中，并连续6个赛季入选NBA全明星赛阵容。回顾驰骋赛场的青年时代，姚明感叹："以往当运动员的时候，我的目标是追求更高的竞技水平。"而在退役并全票当选中国篮协主席后，他致力于推动篮球运动的发展和普及，以帮助更多人实现篮球梦。

苏炳添：跑出中国速度的"百米飞人"

　　2021年8月1日，在东京奥运会男子百米半决赛上，中国选手苏炳添以9.83秒的成绩创下亚洲纪录，成为首位闯进奥运男子百米决赛的中国人。

　　百米短跑跑进10秒是什么概念呢？根据相关资料统计显示，可以在百米赛跑中跑进10秒的，两亿人中才会出现两个。而且一直以来，黑种人在田径项目中处于统治地位，在过去的几十年里，还没有非黑种人（非裔）的运动员晋级过奥运男子百米决赛。在田径圈，公认的黄金身高在1.85米左右，比如加特林身高1.85米，鲍威尔身高1.88米。而苏炳添只有1.72米，相比而言，苏炳添在这项运动中并没有明显的"身体天赋"。上天不会辜负每一个追梦的人，他成为第一个站在奥运会男子百米决赛起跑线上的中国人，也是历史上首位以百米半决赛第一名的身份进军世界顶级百米飞人大战决赛的亚洲运动员。这一切还要从2012年的伦敦奥运会说起。

伦敦奥运会时，苏炳添与博尔特首次交锋，在巨大的实力悬殊下，苏炳添以0.41秒的差距败给了博尔特。但他并没有气馁，而是制订了严格的训练计划，除了保质保量完成训练任务之外，他还做了一些技术性的调整。2014年，苏炳添以刘翔为参考，调整起跑脚——由右脚起跑改为左脚起跑。对于短跑运动员来说，起跑方式的变化相当于重新学习走路。2018年，他又改变了摆臂动作，尝试改善脚掌落地后的发力，那时，他已经29岁。30岁时，骨裂和腰伤的痛苦曾一度令他消沉。过了28岁，大部分选手会新陈代谢变慢，体能下降，成绩止步不前。同龄的队友大多选择退役，但苏炳添还是凭借顽强的意志、不屈的精神走出了低迷，他坚韧不拔，锲而不舍，不向挫折低头。

2015年北京世锦赛半决赛，苏炳添又与博尔特站在了百米赛道上，这一次，苏炳添跑出了9.99秒的"硬核"成绩，成为首个跑进10秒大关的黄种人。与博尔特的9.96秒相比，两人仅相差0.03秒。苏炳添又在国际田联世界挑战赛马德里站和钻石联赛巴黎站的百米飞人大战中，两度跑出9.91秒的成绩，追平卡塔尔归化选手奥古诺德保持的亚洲纪录。

在东京奥运会男子百米半决赛的赛场上，已经31岁的苏炳添靠着超强的意志成功晋级决赛，他创造的历史值得中国乃至整个亚洲铭记。这史无前例的伟大荣耀，属于伟大的中国，也属于整个亚洲。田径名将刘翔也发文祝贺苏炳添："封神！9秒83！"从首次突破10秒大关到10次跑进10秒，从追平亚洲纪录到将亚洲纪录大幅提升0.08秒……苏炳添从未停止前进的步伐。

每一次踏上赛场，苏炳添的脑海里都只有一件事：竭尽全力跑出"中国速度"，为祖国添彩！当他站在东京奥运会百米决赛的跑道上时，所有的梦想都在这一瞬间变成了现实！他用10年努力，终于获得了奥运会百米决赛的入场券。

阅读启示

在自己的"主赛场"——田径赛道上，苏炳添从未放弃过努力。"我没有离开跑道，因为我看到了继续突破的可能。虽然这很艰难，但我会继续坚持。"在追求卓越的路上，苏炳添从未停下脚步。

拓展延伸

　　除了运动员，苏炳添还有一个身份，那就是暨南大学体育学院副教授，他的分享体验课受到众多暨大学子的追捧。他表示，作为一名老师，如果时间允许，他今后会多回校跟学生一起交流。他希望能够用自己的知识和理论帮助同学们，也希望同学们能将老师教给他们的东西运用到日后的训练和体育运动中。